LA COURONNE DE SANTINA

Scandales et passions au sein d'une principauté

Un scandaleux mariage

Alessandro. Allegra. Il est appelé à régner un jour. Elle est la plus célèbre des jet-setteuses. Leur histoire d'amour défraie la chronique, et leur mariage scandalise le gotha.

Deux clans que tout sépare…

Les Santina. Les Jackson. Les premiers, fiers de leur lignée, sont issus de la plus haute aristocratie. Les seconds appartiennent au monde des affaires et du luxe. A priori, ils n'ont rien en commun.

… liés par la passion

Ils sont pourtant prêts à renoncer à tous leurs privilèges … par amour!

La Tribune de Santina

Mariage et scandales à la principauté

A peine annoncées, les noces princières d'Alessandro et Allegra créent la polémique !

Depuis la publication officielle des bans du mariage qui unira Son Altesse Royale le prince Alessandro à la sublime Allegra Jackson, la principauté de Santina est devenue le centre du monde. Tous les médias de la planète ont accouru sur l'île de Santa Maria où se tiendront les festivités, pour assister à ce qui s'annonce comme l'événement de la décennie, voire du siècle ! Mais tandis que des messages de félicitations affluent de tous les continents et que les sujets de la Couronne se réjouissent de ce conte de fées contemporain, de mauvaises langues, au sein même du gotha, s'élèvent déjà pour dénoncer une mésalliance – fustigeant le clan Jackson, la famille de la future princesse, dont les frasques ont maintes fois fait la une de la presse à sensation. Une source proche des Santina prétend que des dissensions sont déjà apparues entre certains membres des deux familles, et souligne l'impossible conciliation entre les valeurs aristocratiques de notre prince et les origines roturières de sa promise. Ces critiques au vitriol réussiront-elles à assombrir le bonheur des fiancés ? Ou pire, les feront-elles renoncer à leur engagement ? Nous le saurons très vite...

La Tribune de Santina

La fierté d’un héritier

LES SANTINA

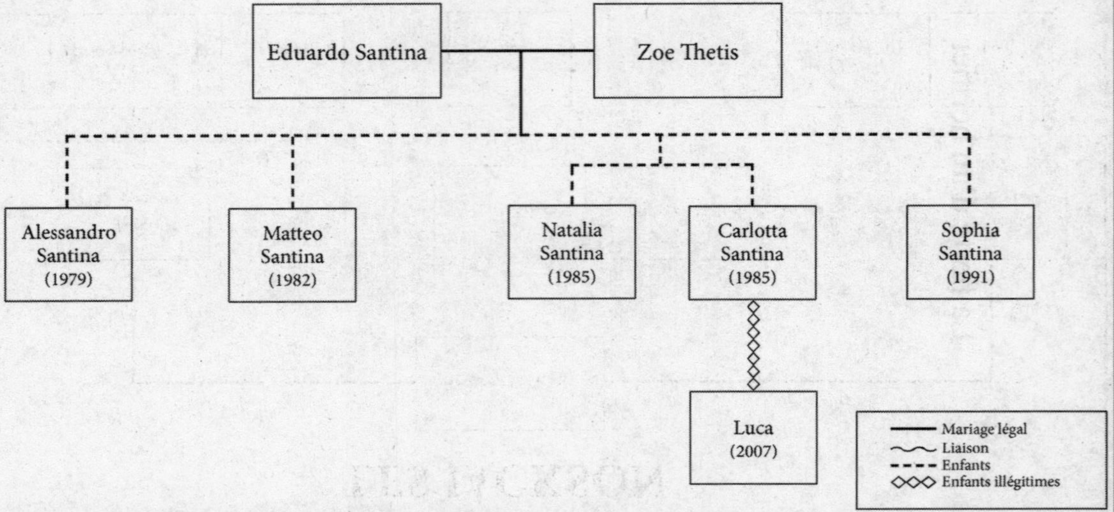
Eduardo Santina
Zoe Thetis
Alessandro Santina (1979)
Matteo Santina (1982)
Natalia Santina (1985)
Carlotta Santina (1985)
Sophia Santina (1991)
Luca (2007)
Mariage légal
Liaison
Enfants
Enfants illégitimes

LES JACKSON

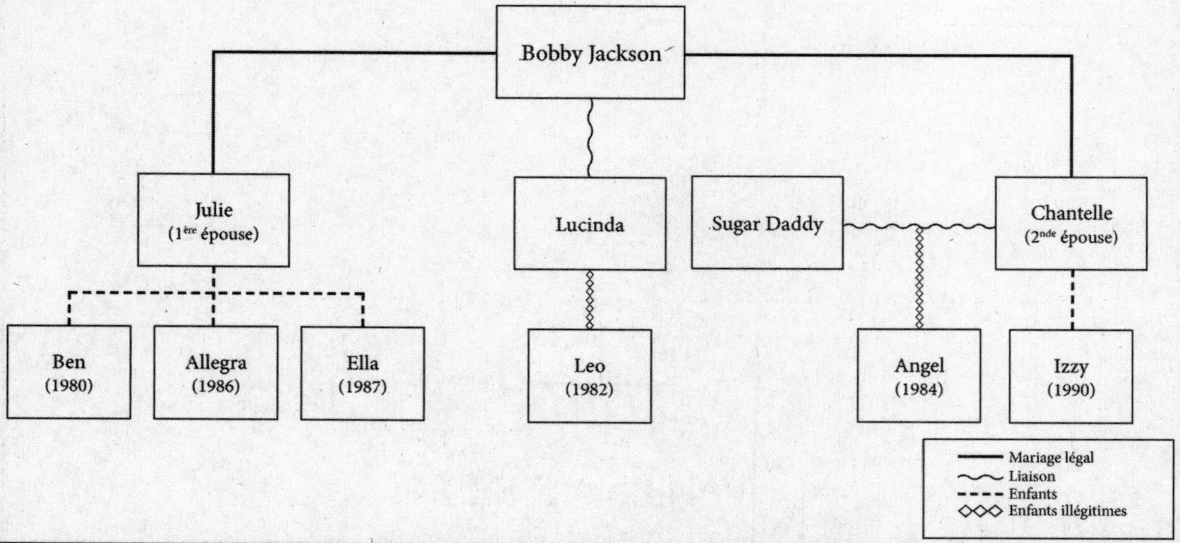

Bobby Jackson
Julie
(1ère épouse)
Lucinda
Sugar Daddy
Chantelle
(2nde épouse)
Ben
(1980)
Allegra
(1986)
Ella
(1987)
Leo
(1982)
Angel
(1984)
Izzy
(1990)
Mariage légal
Liaison
Enfants
Enfants illégitimes

CAITLIN CREWS

La fierté d'un héritier

collection Azur

éditions HARLEQUIN

Collection : Azur

Cet ouvrage a été publié en langue anglaise
sous le titre :
THE MAN BEHIND THE SCARS

Traduction française de
LOUISE LAMBERSON

83-85, boulevard Vincent-Auriol, 75646 PARIS CEDEX 13.

Service Lectrices — Tél. : 01 45 82 47 47
www.harlequin.fr

ISBN 978-2-2802-7961-1 — ISSN 0993-4448

1.

Angel Tilson contempla la foule d'invités prestigieux rassemblés dans l'immense salle de réception, parmi lesquels se trouvaient des membres triés sur le volet de la noblesse européenne — des aristocrates arborant leurs titres comme des accessoires de mode —, et une foule de gens riches et célèbres.

C'était la première fois qu'Angel pénétrait dans un palais royal, qu'elle côtoyait de vrais princes et de vraies princesses. Elle aurait dû en être enchantée, se dit-elle en contemplant les bijoux somptueux des femmes arborant de superbes toilettes. Par ailleurs, elle aurait dû se réjouir d'avoir quitté pour quelques jours son modeste quartier londonien pour la belle île de Santina, véritable joyau serti dans la mer Méditerranée. Dans cet environnement luxueux, ne fêtait-on pas ce soir les incroyables fiançailles de sa demi-sœur préférée, Allegra, avec son prince charmant, le séduisant Alessandro ?

Oui, Angel était enchantée — ravie, même. Mais puisque la douce et raisonnable Allegra allait épouser le prince héritier de Santina, pourquoi Angel ne se chercherait-elle pas un mari fortuné, elle aussi ? Là, sur cette petite île paradisiaque aux toits rouges, où les hommes riches semblaient affluer comme par magie ?

Elle se contenterait d'ailleurs de moins qu'un prince, se dit Angel en promenant les yeux sur le panel de candidats éventuels exposé devant elle. L'essentiel n'était pas leur pedigree, mais leur compte en banque.

Car il ne s'agissait pas d'un jeu. Pour elle, c'était une question de survie. Refoulant son inquiétude, Angel se força à afficher une expression plus avenante.

« Ce n'est pas plus difficile de sourire que de froncer les sourcils, ma chérie », lui avait souvent répété sa mère de sa voix enjôleuse. Son autre leitmotiv était le suivant : « Et tant qu'à te marier, pourquoi ne pas épouser un homme riche ? » Voilà le genre de conseils que lui avait donnés Chantelle — qu'elle n'appelait jamais « Maman »: il ne fallait surtout pas faire allusion à son âge. Ni en public, ni en privé.

Toutefois, ce n'était vraiment pas le moment de penser à Chantelle pour l'instant, même si, une fois de plus, Angel se retrouvait plongée dans une situation dramatique à cause d'elle.

Lorsqu'un matin, elle avait reçu un relevé bancaire ahurissant, celui-ci lui avait paru d'abord si absurde qu'elle avait failli la jeter à la poubelle. Ensuite, elle avait dû s'asseoir tant la tête lui tournait. Puis elle avait contemplé la feuille de papier jusqu'à ce qu'elle comprenne... qu'il s'agissait bien sûr de l'une des délicates surprises que lui réservait périodiquement Chantelle.

Cette fois, elle y était allée très fort : *cinquante mille* livres sterling, dépensées avec une carte de crédit qu'elle avait, *par inadvertance,* prise au nom de sa fille.

Une fois passé le premier choc, Angel avait compris qu'il ne s'agissait pas d'une erreur et une vague de nausée lui était montée aux lèvres. Ce n'était pas la première fois que Chantelle lui avait emprunté de l'argent, *par inadvertance*, mais c'était la première fois qu'elle était allée aussi loin.

— Je viens de recevoir un relevé correspondant à un compte que je n'ai jamais ouvert, avait-elle dit à sa mère lorsqu'elle l'avait appelée au téléphone.

— Ah oui, c'est vrai, avait murmuré Chantelle d'une voix nonchalante. J'avais l'intention de t'en parler, ma chérie. Mais tu ne voudrais pas gâcher les fiançailles d'Allegra avec ça, n'est-ce pas ? Alors nous en reparlerons plus tard, lorsque…

Craignant de se mettre à hurler, puis de fondre en larmes comme l'enfant qu'elle n'avait jamais pu être, Angel avait raccroché d'un geste brusque. Confrontée aux excès de Chantelle depuis son plus jeune âge, elle avait dû jouer très tôt le rôle d'un adulte, et elle ne pleurait *jamais*. De toute façon, les larmes ne résolvaient rien.

Cinquante mille livres, songea-t-elle de nouveau avec un frisson involontaire. Soudain, tout lui parut irréel : les personnages qui l'entouraient, semblant sortir d'un conte de fées, aussi bien que cette somme astronomique.

Ni Chantelle ni elle-même ne pourraient jamais la rassembler. Dans sa vie, sa mère n'avait réussi qu'une chose : épouser Bobby Jackson, ex-footballeur vedette dont les frasques s'étalaient régulièrement dans la presse à sensation. De cette union était née la demi-sœur d'Angel, Izzy, jeune femme épisodiquement promue idole de la pop, et qu'Angel avait renoncé à comprendre.

Après avoir été propriétaire d'une place de marché, Chantelle n'avait reculé devant rien pour attirer dans ses filets l'un des fils chéris de l'Angleterre. Les journalistes ne lui avaient jamais permis de l'oublier, mais Chantelle semblait s'en fiche. Apparemment, profiter de la gloire dont jouissait Bobby lui suffisait et effaçait tout le reste.

Depuis longtemps, Angel avait cessé d'interroger sa mère sur la nature cynique du couple qu'elle formait avec Bobby. Pourtant, elle ne pouvait s'empêcher de se demander comment Chantelle vivait ce mariage bancal, alors que personne n'ignorait que Bobby couchait encore avec son ex-femme, Julie. Sans parler de ses autres maîtresses ! Comment Chantelle pouvait-elle être aussi fière de son mariage, alors que tous les journaux à scandale du Royaume-Uni en connaissaient la lamentable réalité ?

En tout cas, il n'y avait pas de piles de billets de banque entassées chez Bobby, ni dans sa maison du Hertfordshire, ni dans l'appartement de Knightsbridge que préférait

Chantelle. Sinon, celle-ci n'aurait pas été obligée d'*emprunter* de l'argent à sa fille. En fait, Angel soupçonnait que Bobby avait cessé de donner de l'argent à sa femme depuis belle lurette. Ou qu'il avait tout dépensé de son côté.

Une tristesse infinie l'envahit. A quoi aurait ressemblé sa vie si elle avait eu une mère normale ? Si Chantelle avait été capable de se soucier de quelqu'un d'autre qu'elle-même ? Toutefois, Angel ne pouvait pas vraiment se plaindre. En effet, elle avait toujours été bien traitée par la tribu chahuteuse de Bobby, constituée d'enfants nés de ses unions et liaisons successives ? Même Julie l'avait bien accueillie, c'est vrai. En outre, l'insouciant, mais néanmoins généreux et génial Bobby avait été le seul père qu'Angel ait jamais connu. Le vrai, son géniteur, ayant disparu dès l'instant où Chantelle, alors âgée de dix-sept ans, lui avait annoncé qu'elle était enceinte. Angel avait toujours été reconnaissante envers le clan Jackson de l'avoir acceptée — ou du moins, d'avoir essayé. Mais en dépit de leurs efforts, Angel savait bien qu'elle n'était pas une Jackson.

Elle avait toujours senti la ligne de démarcation, invisible mais indéniable, qui faisait la différence entre eux et elle. Elle était toujours restée l'étrangère, même si elle avait passé ses Noël avec eux. Les Jackson étaient sa seule famille, mais elle ne faisait pas vraiment partie de celle-ci. Pour tout vrai parent, elle n'avait que Chantelle.

Une fois de plus, Angel regretta de ne pas être allée à l'université. De ne pas avoir suivi d'études, de ne posséder aucune qualification. Mais, à seize ans, elle avait été très jolie, et si sûre d'elle qu'elle avait pensé pouvoir faire son chemin dans la vie sans difficulté. Et elle avait réussi, à peu près. Elle s'était essayée à une quantité inouïe de jobs différents, sans jamais s'y attarder, en se répétant que ce style de vie lui plaisait et lui convenait. Pas de lien, pas d'attache : rien qui puisse la retenir si elle avait envie de partir.

Après avoir été la muse et le mannequin attitré d'un

grand couturier, puis avoir tenu une boutique de vêtements pendant un an, elle trouvait à présent du travail comme modèle ou vendeuse. Ce n'était pas de tout repos, mais cela lui permettait de payer son loyer et ses factures, et même de faire quelques économies.

Mais celles-ci ne se montaient pas à cinquante mille livres, évidemment.

Assaillie par une vague de découragement, Angel sentit son ventre se nouer. Quelles possibilités avait-elle ? Déclarer faillite ? Faire arrêter sa mère pour usurpation d'identité et fraude ? En dépit de la colère et de la souffrance qui la ravageaient, elle ne se résoudrait jamais à envisager un tel recours. C'était impensable.

Bon, se dit-elle tandis que sa nature réaliste reprenait le dessus. Assez pleurniché. Ce soir, elle avait une opportunité unique dans une vie. Alors, elle allait la saisir !

Angel prit une coupe de champagne sur le plateau du serviteur qui passait à côté d'elle, en avala une gorgée pour se rasséréner et redressa les épaules. Elle était une jeune femme volontaire, résistante et débrouillarde, se dit-elle en ignorant le tremblement de sa main. Depuis toujours. Elle ne s'avouait jamais vaincue. Et puis, comme le répétait Bobby, tout en avalant son verre cul sec, une défaite n'était rien en soi, il suffisait d'en tirer parti pour réussir la fois suivante. De toute façon, vu les circonstances, Angel n'avait pas le choix : elle devait *absolument* réussir.

Lentement, elle passa sa main libre sur sa hanche pour s'assurer que le tissu était bien en place, épousant son corps comme une seconde peau et mettant en valeur les courbes héritées de Chantelle. Sa robe était décolletée dans le dos, courte et noire, conçue pour montrer, et non dissimuler, ce qui constituait son meilleur atout : son corps.

Toutefois, elle se conduirait sagement ce soir, tandis qu'on célébrait les fiançailles d'Allegra. Elle laisserait les excentricités au reste de la famille Jackson, qui s'en chargerait volontiers, songea Angel. Ils étaient tous là, ce soir, dans la vaste salle de réception du palais Santina, et ils avaient le don de susciter le scandale, où qu'ils se trouvent. C'était une tradition familiale.

Récemment, les fiançailles d'Izzy, après avoir été annoncées à grand renfort de publicité, s'étaient terminées de façon spectaculaire, devant l'autel, sous les flashes des journalistes. Cela cadrait tout à fait avec la quête désespérée de sa demi-sœur, avait pensé Angel avec cynisme. Izzy avait réussi à raviver l'intérêt de la presse, alors que les paparazzi la boudaient depuis quelque temps.

Après avoir pris une deuxième coupe de champagne, Angel s'avança lentement, puis s'arrêta près d'une élégante colonne de marbre clair. Elle n'était pas aussi désespérée que sa demi-sœur. Pas encore.

Regardant autour d'elle, elle repéra les hommes déjà accompagnés, et ceux qui n'allaient pas tarder à l'être. Elle n'avait ni le temps ni l'envie d'entrer en compétition avec une rivale, réelle ou potentielle. Sa vie n'était pas brillante, certes, mais elle avait des principes.

Lorsqu'elle s'avança parmi les invités, elle prit soin d'éviter tous les Jackson, ainsi que Chantelle et Izzy. Elles étaient trop proches, comme Allegra, dont on fêtait les fiançailles avec le prince Alessandro, ou Ben, qui se comportait en véritable grand frère avec elle.

En effet, elle n'aurait pu supporter aucune manifestation de compassion ou d'inquiétude de la part de ces deux êtres qu'elle considérait presque comme sa famille. Par ailleurs, elle aurait pu se trahir et révéler l'horreur de sa situation. Or ce n'était pas le moment d'avoir des états d'âme.

Remarquant soudain le regard inquisiteur et réprobateur d'un petit groupe d'hommes à la mine sévère, Angel trouva refuge derrière la colonne de marbre. Sans doute des hommes d'église, ou des banquiers…

A cet instant précis, elle l'aperçut.

Lui aussi se cachait, il n'y avait pas d'autre mot, derrière une colonne, à quelques mètres de celle choisie par Angel. Elle contempla son profil bien dessiné en retenant son souffle : il était superbe.

Parfaitement immobile, Angel laissa son regard errer sur ses épaules puissantes, son torse musclé mis en valeur par l'élégant smoking noir. Il émanait de cet homme une force impitoyable et déterminée, mais contenue. Les pieds légèrement écartés, une main enfoncée dans la poche de son pantalon, il y avait presque quelque chose de belliqueux dans son attitude. Et de profondément dangereux.

Incapable de détourner les yeux, elle contempla ses épais cheveux noirs descendant sur sa nuque, en totale contradiction avec sa mise ultra classique et raffinée.

Peut-être était-ce ce contraste qui la fascinait, ou l'air songeur et distant dont il considérait la foule des invités. Ou encore, l'aura ténébreuse qui irradiait de lui ? A moins que ce ne soit la légère moue qui arrondissait sa bouche sensuelle…

Angel sentit une excitation joyeuse se répandre dans les moindres cellules de son corps : ce somptueux inconnu semblait posséder tous les attributs requis…

Lentement, elle s'avança : plus elle s'approchait de lui, plus elle le trouvait impressionnant. Et lorsqu'il se tourna vers elle, Angel eut l'impression qu'il avait senti sa présence dès l'instant où elle avait posé les yeux sur lui.

Tout d'abord, elle ne vit que son regard. Gris, sombre et incroyablement perçant, il semblait lire en elle comme si elle était transparente, devinant ses rêves, ses projets et ses fragiles espoirs.

Lorsque Angel battit des paupières, elle découvrit soudain ses cicatrices.

Violentes, agressives, elles zébraient le côté gauche de son visage, épargnant l'œil mais descendant jusque sous le menton. Le cœur battant sourdement dans sa poitrine, elle continua à avancer vers l'inconnu, comme hypnotisée par son regard gris et pénétrant.

Même si elle l'avait voulu, elle n'aurait pu revenir en arrière, constata-t-elle avec un frisson.

Quel dommage que ce beau visage ait été ainsi dévasté… Car la moitié restée intacte était vraiment très belle. Angel admira la haute pommette sculptée et la bouche épargnées. Virile, trop dure, au pli amer, celle-ci était néanmoins terriblement attirante. Plus que cela : il en émanait une sensualité *magnétique*.

Plus elle s'approchait, plus le gris de ses yeux devenait froid, métallique. Et lorsque Angel s'arrêta devant lui, il était presque glacial.

Un nouveau frisson la parcourut : le pouvoir, la puissance, ainsi qu'un contrôle farouche de lui-même irradiaient de cet homme, comme une aura.

La bouche soudain sèche, Angel porta sa coupe à ses lèvres et avala une gorgée de champagne : il la dépassait de quelques centimètres, alors qu'elle portait des talons vertigineux. Par ailleurs, l'inconnu était riche, cela se voyait à l'élégante simplicité de ses vêtements : tout avait été taillé, confectionné sur mesure, dans des ateliers réservés aux plus fortunés. Angel le savait pour avoir travaillé comme mannequin dans la haute couture.

— Vous semblez vous être égarée, dit-il enfin. Les réjouissances se passent *derrière* vous.

Le ton était peu amène, mais la voix basse et vibrante se déploya en elle, autour d'elle, comme la caresse d'une main dure. Elle trahissait aussi une éducation parfaite.

Angel pencha la tête de côté en souriant. Cette fois, les yeux gris devinrent franchement glacials, le pli de sa bouche se fit plus dur. Avec cet homme, rien ne serait jamais facile, comprit-elle alors. Même s'il représentait la cible idéale. Et, d'autre part, un homme comme lui ne se laisserait pas impressionner par une femme comme elle. Angel repoussa ces pensées aussitôt. Elle relèverait le défi et ne reviendrait pas en arrière.

— Qu'est-il arrivé à votre visage ? demanda-t-elle, franche et directe.

*
**

Rafe McFarland, huitième comte de Pembroke, était venu à Santina dans le seul but d'honorer ses cousins de la famille royale de Santina, comme l'exigeait son devoir. Il n'avait certes pas envisagé de nouer connaissance avec une parfaite inconnue, même si celle-ci avait pris les traits d'une ravissante jeune femme. En outre, il avait dû mal comprendre ses paroles.

Il contempla ses sourcils formant un arc parfait qui se haussait au-dessus de ses yeux bleus, renforçant l'intelligence qui émanait de son beau visage. Elle le regardait avec une sorte de patience amusée et, manifestement, Rafe l'avait comprise.

Rafe avait l'habitude d'être repéré de loin par ce genre de femme, avant qu'elles se dirigent vers leur proie en ondulant des hanches, le regard déterminé et provocant. Il connaissait l'approche par cœur. Elles venaient vers lui, leurs courbes appétissantes moulées dans des robes superbes, jusqu'à ce qu'il leur présente son visage entier.

Comme il le faisait toujours, délibérément. Cruellement.

Ce visage, personne ne pouvait supporter de le regarder longtemps, il le savait. Lui-même moins que quiconque. C'était celui d'un fantôme qui s'habillait chez les plus grands stylistes et dont les cicatrices n'étaient rien en comparaison du monstre qui se dissimulait sous cette apparence d'homme du monde.

Ces temps derniers, il exhibait moins souvent ce terrible visage, parce qu'il avait de plus en plus de mal à supporter ce petit jeu sordide. Cela se terminait toujours de la même façon, avec ces femmes : les plus polies fixaient soudain leur attention sur un point situé derrière lui et poursuivaient leur chemin, sans plus lui accorder un seul regard. Les autres réprimaient un cri d'horreur comme si elles avaient vu l'incarnation du diable, avant de se détourner rapidement.

Rafe avait vu cela des dizaines de fois, si bien qu'à présent ces réactions ne le dérangeaient même plus. Au moins, ces femmes étaient sincères. Et, au fond, il était reconnaissant envers ses cicatrices qui l'aidaient à comprendre qu'il n'était plus capable de fréquenter les humains.

Toutefois, cette femme à la minuscule robe noire épousant ses courbes parfaites, aux cheveux blonds, mi-longs et ondulés, aux yeux bleu azur, avait tenu bon, même après qu'il lui eut présenté tout son visage.

Puis elle l'avait interrogé de façon directe.

Le fait que cela ne soit pas arrivé une seule fois était un événement en soi. En outre, la beauté de la jeune femme provoquait en Rafe un trouble violent qu'il avait pensé ne plus jamais éprouver.

— Personne ne me pose jamais cette question, dit-il malgré lui. Jamais de façon aussi directe. Au mieux, les gens font comme si mes cicatrices n'existaient pas.

Lentement, elle laissa errer son regard sur elles.

Lui-même y prêtait à peine attention, désormais. Depuis qu'un jour, il avait remarqué qu'après avoir perdu leur teinte rouge, violacée, elles ne changeaient plus. Elles ne s'effaçaient pas ; elles ne s'atténuaient pas, en dépit des prédictions du chirurgien esthétique, qui avait sans doute pensé rassurer Rafe en proférant pareil mensonge.

Peu importait. Il préférait qu'elles restent visibles. C'était plus simple d'afficher la vérité sur son visage.

Après avoir terminé sa lente inspection, la jeune femme ramena ses yeux intelligents sur les siens. Une sorte de coup de tonnerre résonna alors en Rafe, avec une telle force qu'il lui fallut un instant pour comprendre qu'il s'agissait de désir, pur et irrépressible.

— C'est seulement un peu effrayant, répliqua-t-elle d'un ton léger, sans cesser de sourire. Vous ne ressemblez pas vraiment à *Elephant Man*…

Quand avait-il souri pour la dernière fois ? se demanda Rafe en sentant un tressaillement infime parcourir ses lèvres.

— J'étais dans l'armée, dit-il.

Elle lui adressa un petit hochement de tête et plissa légèrement le front, comme si elle essayait de le ranger dans une catégorie.

— Un jour, nous sommes tombés dans une embuscade, poursuivit-il. Juste après, il y a eu une explosion.

Comme si une telle horreur pouvait se résumer en une simple petite phrase ! Rafe se maudit d'avoir prononcé ces mots. Aucun terme n'aurait pu évoquer la détonation assourdissante, la soudaine lumière aveuglante, la souffrance. Ses amis, réduits en miettes en un éclair — pour les plus chanceux d'entre eux. Pour les autres, ç'avait été plus long. Et lui, moins que tout autre, se retrouvant condamné à une souffrance interminable, un cauchemar incessant, une lutte de tous les instants pour survivre.

Pas étonnant qu'il ne se regarde plus dans les miroirs. Il y voyait trop de fantômes.

Mais il n'avait pas l'intention de donner plus de détails à cette femme. Alors, pourquoi était-il un peu déçu qu'elle ne l'interroge pas ? En tout cas, elle ne s'était toujours pas détournée.

— Angel Tilson, dit-elle en lui tendant la main.

Elle souriait, comme si elle rencontrait des monstres tous les jours et qu'elle trouvait cela, qu'elle *le* trouvait, lui, banal. Evidemment, elle ne voyait que la surface.

— Je suis la demi-sœur d'Allegra, la belle fiancée du prince, poursuivit-elle.

Angel, se répéta Rafe tandis qu'elle l'observait, son sourire malicieux aux lèvres. Il fut alors traversé par une sensation étrange : celle d'être *vivant*, en dépit de tout, comme n'importe qui. Et sujet au désir, reconnut-il tandis qu'une flamme l'embrasait de nouveau, mettant son contrôle à rude épreuve.

— Rafe McFarland, dit-il. Lord Pembroke, cousin éloigné des Santina, par le biais d'un digne ancêtre parmi d'autres.

Il prit sa main tendue puis, cédant à une impulsion subite, la porta à ses lèvres. Dès que sa bouche effleura sa peau, des étincelles brûlantes fusèrent entre eux. L'espace d'un instant, le palais Santina disparut, avec tous les invités, la musique. Tout s'effaça. Sauf ce qui vibrait entre lui et cette femme : la chaleur du désir.

C'était impossible, se dit brusquement Rafe. Il devait rêver. Le sourire d'Angel semblait plus éclatant que la lumière se déversant des lustres en cristal. Cette femme était beaucoup trop belle pour le regarder ainsi.

Peut-être était-elle aveugle, songea-t-il sombrement.

— Lord Pembroke, répéta-t-elle.

On aurait dit qu'elle goûtait les mots dans sa bouche.

— Qu'est-ce que cela signifie, exactement ? continua-t-elle. Une somptueuse demeure et des études à Oxford ou Cambridge, je suppose ? Et des apparitions ponctuelles dans la presse ?

Elle lui plaisait. C'était incroyable, mais Rafe ne pouvait le nier.

— Cela signifie que je suis comte, dit-il avec une emphase qui l'irrita lui-même.

Soudain, il se sentit envahi par une vague de lassitude. Mais c'était la vérité. Il repoussa le spectre d'Oliver, septième comte de Pembroke, en regrettant de ne pouvoir effacer aussi facilement les ravages qu'avait causés son frère par sa cruauté et sa méchanceté pure.

— Que j'ai des responsabilités, poursuivit-il, et peu de temps à consacrer à la presse à sensation, je le crains.

— Ce qui veut dire que je ne me suis pas trompée concernant Oxford ou Cambridge, répliqua-t-elle sans se départir de son ton moqueur. Vous êtes sans doute scandaleusement riche : il faut bien compenser un peu, n'est-ce pas ? Alléger le lourd fardeau de la noblesse, hérité de siècles de privilèges…

Pourquoi ne trouvait-il pas cette conversation lamentable ? s'interrogea Rafe. Parce que Angel Tilson le regardait de son regard trop bleu et trop direct. Il brûlait de la toucher. Pour vérifier qu'elle était bien réelle. Entre autres…

— Je ne sais pas ce que c'est que d'être *scandaleusement* riche. Je dirais plutôt que la fortune de ma famille s'est accumulée au cours des siècles.

Quand elle éclata de rire, Rafe envisagea un instant de l'imiter. Ce qui était *impossible*, songea-t-il de nouveau.

— C'est votre jour de chance, lord Pembroke, dit-elle sur le ton de la confidence en se penchant vers lui.

Quand elle appuya sa coupe de champagne contre son torse, son geste fit à Rafe l'effet d'une caresse. Mais tout à coup, tandis qu'elle le regardait dans les yeux, une ombre passa sur son beau visage, avant de disparaître aussitôt.

— Voyez-vous, reprit-elle, je teste les candidats potentiels. Eh bien, vous répondez à tous les critères.

A cet instant, Rafe comprit tout et sentit un froid mortel se propager dans tout son être.

2.

— Vous êtes à la recherche d'un riche parti ? demanda-t-il d'une voix dure.

Il voyait sans doute confirmée l'opinion qu'il s'était faite d'elle, dès le début, se dit Angel. Elle aurait aimé savoir ce qu'il pensait de sa façon de présenter la chose, crûment, sans ambages. Mais l'expression de lord Pembroke était impossible à déchiffrer. Soudain, elle sentit son ventre se nouer.

Avait-elle bien prononcé ces paroles ? Avec cette bravade insensée ?

Lorsqu'elle avait échafaudé son plan, il avait mieux résonné dans son esprit… Mais quelle importance ? Angel n'avait pas le choix, elle devait s'y tenir. Ces instants avaient beau être humiliants, elle avait beau se haïr — et elle se haïrait bien davantage plus tard —, elle ne pouvait assumer les dettes de sa mère.

Elle tendit sa coupe de champagne d'un geste languide en direction de la réception qui suivait son cours.

— Oui, répondit-elle d'un ton désinvolte. Et je le trouverai.

Une sorte d'orage passa dans ses yeux gris, lui coupant le souffle. Mais Angel continua à sourire. Si elle s'arrêtait, elle craignait de sombrer dans le dégoût d'elle-même, ou de se voir emportée dans la spirale de terreur qui frémissait en elle.

Cet homme ne ressemblait en rien au fantasme qu'elle avait nourri à bord de l'avion qui l'amenait à Santina. A ce moment-là, elle s'était dit qu'un riche époux résoudrait tous ses problèmes. Elle n'avait certes pas imaginé qu'elle ressentirait ce violent frisson qui l'avait traversée quand il l'avait touchée.

— Ah, fit-il de sa voix de basse. Et pourquoi avez-vous besoin d'un mari fortuné ?

— Qui n'en a pas besoin ? Si on a le choix…

— Vous semblez *choisir*, plutôt que d'attendre qu'on vous laisse choisir. C'est assez judicieux, comme attitude.

— Je suis très réaliste, voyez-vous.

— En effet, vous devez l'être pour envisager de prendre un époux d'une manière aussi froide et calculatrice.

— S'agirait-il d'un reproche ? répliqua-t-elle d'un ton léger. Je sais ce que je veux et je suis prête à l'obtenir. Lorsqu'un homme affiche ce genre de détermination, des nations entières se soulèvent et l'acclament. Parfois, des rois reconnaissants donnent même des comtés à de tels héros en récompense de leurs hauts faits, si je me souviens bien de mes cours d'histoire…

Elle sourit avant d'ajouter :

— … qui remontent à quelques années.

L'ombre d'un sourire s'ébaucha sur sa bouche sensuelle et virile. Ou du moins, Angel voulut-elle le croire.

— Vous êtes une très belle femme, dit-il lentement. Et vous savez vous habiller de façon à mettre en valeur vos charmes incontestables. Aucun homme digne de ce nom ne manquerait de le remarquer.

— Merci. Vous me donnez l'impression d'être un pur-sang exhibé à un concours hippique.

Il haussa un sourcil d'un air de défi : le gauche, barré d'une cicatrice.

— Je pense simplement que vous pourriez conquérir l'homme de votre choix de la façon habituelle, sans vous présenter d'emblée comme une marchandise. Vous pourriez vous apercevoir qu'utilisé à dessein, votre type de beauté joue un rôle essentiel dans de nombreux mariages, même si les personnes intéressées font mine de l'ignorer.

Cette fois, il lui faisait bel et bien la leçon. Avec sa politesse mondaine, aristocratique, il lui rappelait sa place. *Son type de beauté*. Quelle condescendance !

— J'ai beaucoup de défauts, monsieur le comte. Je suis banale, voire grossière. Mais je ne mens jamais.

Il la regarda en silence. Pourquoi n'arrivait-elle pas à détourner les yeux de ce visage dévasté ? Pourquoi la réception semblait-elle s'être fondue dans une sorte de brume opaque ?

— Quelles qualités attendez-vous du candidat idéal ? demanda-t-il enfin.

— Il devra être très très riche, et ravi de partager sa fortune, répondit-elle aussitôt. C'est essentiel — et non négociable, évidemment. Et si en plus, il est beau, ce sera encore mieux.

— Dans ce cas, répliqua-t-il en aiguisant son regard, vous perdez votre temps avec moi. A moins qu'à force de les regarder, vous ne voyiez plus mes cicatrices ?

— Non, c'est votre fortune qui m'aveugle, répliqua-t-elle en reprenant son ton léger et moqueur.

A partir de maintenant, le moindre mot serait décisif, comprit Angel au plus profond d'elle-même.

— Depuis que vous en avez parlé, poursuivit-elle, je n'y vois plus clair. Peut-être même ne recouvrerai-je plus jamais la vue si votre fortune…

— Ma fortune est colossale, l'interrompit-il de sa voix profonde.

Chacune de ses paroles transpirait la suffisance. Il la défiait.

— Est-ce une proposition ? demanda-t-elle en lui décochant un regard séducteur.

En même temps, son idée lui paraissait de moins en moins absurde. Un conte de fées à la demande… Pourquoi pas ? Elle se trouvait déjà dans un palais…

— Vous devez vraiment être dans le besoin pour envisager d'épouser un étranger pour son argent, au lieu de chercher une carrière intéressante et bien rémunérée.

Son regard fouillait celui d'Angel, comme pour y découvrir ses véritables motivations. Elle frissonna : il pourrait peut-être y parvenir. Quant à une éventuelle carrière, aucune n'était envisageable pour une femme comme elle, dépourvue de diplômes et de qualifications.

— Que comptez-vous faire de cet argent ? reprit-il.

— Le *compter*, justement ! répliqua-t-elle en riant. Faire de grandes piles de billets. Ce n'est pas ce que font les gens riches ?

— Seulement une partie du temps et, de toute façon, cet exercice a forcément une durée limitée.

— C'est-à-dire ? demanda Angel en inclinant la tête sur le côté. Cinq ans ? Dix ?

— Trente ans tout au plus, répondit-il avec sérieux.

Mais une petite lueur amusée scintillait au fond de ses yeux gris, remarqua Angel.

— Que ferez-vous, le reste du temps ?

Angel resta silencieuse, puis décida de plonger. Pas de dissimulation. La franchise. Dès le départ.

— En fait, avoua-t-elle en baissant la voix, j'ai quelques dettes.

Il haussa les sourcils d'un air inquisiteur.

— *Quelques dettes ?* répéta-t-il en haussant les sourcils d'un air interrogateur.

— *Beaucoup*, corrigea-t-elle.

Il se contenta de la regarder.

— A vrai dire, il s'agit d'une somme énorme, précisa-t-elle en se forçant à sourire. Va-t-on encore en prison pour dettes, en Angleterre ?

— Pas depuis le XIXe siècle, répondit-il avec le même sérieux. Vous n'avez rien à craindre.

— De ce côté-là, peut-être, dit Angel. Mais les taux d'intérêts sont révoltants.

— Comment vous imaginez-vous un mariage fondé sur une telle transaction ? demanda-t-il en dardant son regard perçant sur elle.

Ainsi, il en envisageait vraiment la possibilité, songea Angel avec un mélange d'excitation et de terreur.

— Qu'apporteriez-vous de votre côté ? continua-t-il.

— Ma beauté spectaculaire, bien sûr, répondit-elle avec désinvolture. Je serais un excellent trophée — et tout le monde sait que les hommes riches adorent les trophées.

— En effet, approuva-t-il.

Arrogant. Puissant. Rafe McFarland n'était pas un homme à prendre à la légère.

— Mais tout le monde sait également que même les beautés les plus spectaculaires s'estompent avec le temps, poursuivit-il. Alors que l'argent, s'il est investi judicieusement, se multiplie et croît. Qu'en pensez-vous ?

En vérité, Angel n'avait pas prévu ce type de conversation. Ni de se voir interrogée sur *son* apport personnel à un mariage d'intérêt censé la sauver. Sans doute parce qu'elle ne s'était pas vraiment attendue à ce que son plan brillant, élaboré durant le vol Londres-Santina en classe économique tout en buvant une vodka orange dans un gobelet en plastique, puisse aller aussi loin…

A présent, elle se trouvait confrontée au réel. Et même si elle savourait cette conversation avec Rafe McFarland, lord Pembroke, elle avait une dette de cinquante mille livres. Et une chose était certaine : Chantelle ne l'aiderait jamais à rembourser cette somme astronomique.

Par conséquent, elle devait trouver une solution. Seule. Comme d'habitude. Angel se força de nouveau à sourire, feignant de se sentir parfaitement à l'aise alors qu'une angoisse atroce l'étreignait.

— Je suis une compagne délicieuse. Par ailleurs, j'ai l'esprit ouvert et ne verrai aucun inconvénient à ce que vous fréquentiez une kyrielle de maîtresses.

Elle était sincère. C'est ainsi que fonctionnait le couple formé par Bobby et Chantelle, et ce système marchait fort bien. Depuis des années.

— En fait, poursuivit-elle, je trouverais cela normal : cela fait partie des prérogatives de l'homme riche, non ?

En outre, comme j'ai très peu de famille, vous n'aurez aucune réunion dominicale ennuyeuse à supporter. Si vous le souhaitez, vous ne la rencontrerez même jamais.

Une vague de culpabilité envahit Angel à la pensée des Noëls fantastiques passés chez les Jackson, avec Bobby qui, en dépit de ses défauts, s'était toujours montré très affectueux. Puis elle songea à Ben, son demi-frère qui lui avait toujours offert son aide, comme si elle avait été sa sœur à part entière. Elle pensa à Allegra, à son soutien discret, mais inconditionnel. Même Izzy, à sa façon, comptait pour elle.

Fermement, Angel repoussa tout remords.

— Je réfléchis beaucoup, et j'adore les vrais débats, reprit-elle. Mais je sais également me taire : je ferai tout pour vous être agréable.

— Vous vous présentez comme une espèce de marionnette, remarqua Rafe en plissant le front.

— Si c'est votre conception de l'épouse et de la compagne idéale, j'en serai une.

Elle se tut et étudia les traits de Rafe. Rien n'y transparaissait. Fascinée, elle contempla cette étrange combinaison de dévastation brutale et de beauté virile, et cet éclat tranquille qui luisait au fond de ses yeux gris.

Soudain, au moment où elle s'apprêtait à se lancer dans un nouvel inventaire de ses atouts, il tendit la main et lui posa un doigt sur les lèvres.

Quelque chose d'incandescent jaillit en Angel. Ce fut comme une flamme, comme une lumière fulgurante surgissant de l'obscurité. Même lorsque Rafe eut laissé retomber son bras, elle sentit sa chaleur l'envelopper encore.

— C'est bon, dit-il d'une voix douce, presque détachée. Je vous épouserai.

A quoi s'était-il attendu ? A des hurlements de joie ? Des larmes de gratitude ? se demanda Rafe en la voyant le dévisager de ses beaux yeux bleus. Apparemment, son consentement lui avait causé un choc.

Il voulait cette femme. Et si la posséder devait lui coûter une somme faramineuse, eh bien, il l'acceptait ! Il avait suffisamment d'argent pour pouvoir se permettre d'en perdre, et par ailleurs il avait besoin d'une épouse. Il s'agirait d'un arrangement purement pratique, se convainquit-il, même s'il ne pouvait ignorer le désir qui pulsait en lui.

Peut-être sa fortune ne faisait-elle pas le poids au regard de ses cicatrices ? songea-t-il tandis qu'elle continuait à le regarder en silence.

Soudain, elle tendit sa coupe vide au serviteur qui passait à côté d'elle, puis se tourna vers lui. Elle ne souriait pas, mais ses yeux étincelaient.

— Venez, dansons, dit-elle en lui offrant sa main.

D'ordinaire, Rafe ne dansait jamais, mais il n'était pas non plus dans ses habitudes de proposer à une parfaite étrangère de l'épouser, dans une salle de réception bondée de monde. Une femme intéressée qui lui avait avoué sans rougir qu'elle était prête à se marier avec n'importe qui, à condition qu'il soit riche.

Sans réfléchir davantage, il enlaça Angel comme s'ils étaient amants, avant de l'entraîner sur la piste. En réalité, il n'avait pas dansé la valse depuis que sa mère l'avait forcé à prendre des leçons, il y avait une éternité de cela.

Dans ses bras, elle était souple, chaude et délicieusement féminine. Un parfum de fleurs émanait d'elle, auquel se mêlait une note épicée qu'il ne put identifier. A cet instant, Angel pencha légèrement la tête pour le regarder et, pendant quelques instants, il ne vit plus qu'elle. Si belle… Si étrange et si surprenante, alors que rien ne l'étonnait plus depuis bien longtemps.

— Par curiosité, demanda-t-il, combien d'hommes avez-vous… testés, ce soir ?

Il scruta son visage tandis qu'ils évoluaient parmi les danseurs.

— Je vous pose la question pour savoir si je dois me préparer à affronter d'éventuels adversaires, continua-t-il.

— Vous êtes le seul et unique.

Soudain, elle eut l'air gêné, presque timide.

— Dites-moi, mis à part mes charmes évidents, auxquels aucun homme ne pourrait résister, reprit-elle, pourquoi désireriez-vous m'épouser ?

Pendant un long moment, Rafe la regarda sans répondre. Ses yeux bleu azur, son visage ovale aux traits délicats et purs. Sa bouche sensuelle formant un contraste étrange avec les mots francs et désarmants qui venaient de la franchir. Et ses fins cheveux blonds dans lesquels il avait tant envie d'enfouir les mains, avant de goûter ses lèvres pulpeuses. L'intensité de son propre désir le stupéfia.

Alors que, depuis des années, il ne s'autorisait pas le moindre désir, il désirait Angel Tilson. Il désirait *tout* d'elle.

La situation était transparente. Aucune idée derrière la tête. Aucune simagrée : elle avait des dettes. Il lui fallait de l'argent et, sans doute, la certitude qu'elle en aurait toujours à sa disposition. De son côté, Rafe avait besoin d'une épouse, à laquelle il n'aurait pas à faire la cour. Une femme ne nourrissant pas d'attentes qu'il ne pourrait satisfaire. Et si, un jour, Angel découvrait le monstre en lui, elle serait bien payée pour l'ignorer.

Cette union serait tout sauf romantique, ce qui convenait parfaitement à Rafe. C'était pour cela qu'*Angel* lui plaisait.

— Vous êtes la première à m'avoir vu comme un homme, et non comme un objet de pitié. Le plus souvent, les femmes ne m'approchent pas du tout. Et puis, je devrai bien me marier un jour, alors autant le faire avec une femme qui n'attende rien de moi.

— Oh ! mais si, j'attends quelque chose de vous ! protesta-t-elle après s'être éclairci la voix.

Se l'imaginait-il, ou devait-elle faire un effort pour garder un ton désinvolte ?

— Mais je suis sûre d'être comblée, continua-t-elle.

Vous n'aurez qu'à signer des chèques et, en retour, vous serez assuré de ma dévotion éternelle.

— Puisque vous êtes franche, je vais l'être aussi, répliqua-t-il en la serrant davantage contre lui. Vous comprenez bien que je dois avoir des héritiers…

— Comme tous les hommes de votre rang.

Une lueur taquine passa dans son regard bleu, puis elle éclata de rire.

— Du moins, c'est ce que j'ai entendu dire. Et vu dans des films.

Quand il souleva sa main fine, puis la posa sur sa poitrine, Rafe frémit en son for intérieur. Jamais il n'avait convoité quelque chose ou quelqu'un avec une telle force.

Parce que c'était commode, qu'il n'avait rien à faire… Il lui suffisait d'accepter, essaya-t-il de se convaincre.

Mais il connaissait la vérité. Elle résonnait dans son esprit, aussi vibrante que son désir, et aussi destructrice.

— Vous êtes une belle femme, dit-il lentement en la regardant dans les yeux. Par conséquent, cette tâche ne présentera aucune difficulté pour moi, mais vous pourriez avoir plus de mal.

Il se tut, lui laissant assimiler ses paroles, puis continua d'une voix sourde :

— J'essaierai de tenir compte de votre répulsion, mais je ne suis qu'un homme, hélas.

Une roseur délicate teinta ses pommettes tandis qu'un voile assombrissait furtivement son regard.

— Vous êtes trop aimable, répliqua-t-elle en fixant de nouveau ses cicatrices.

Rafe se raidit malgré lui.

L'un de ces sourires moqueurs dont elle avait le secret se dessina de nouveau sur ses lèvres. Ce n'était qu'une façade, il en était certain, mais il découvrirait ce qu'elle dissimulait. Soudain, Rafe eut envie de la connaître, tout entière. Pourtant, ce serait s'adonner à un jeu très dangereux, se dit-il.

— Je dois vous préciser un détail important, commençat-il d'une voix un peu rauque. Je n'ai pas l'esprit ouvert, pas du tout. Si vous prenez un amant, je crains de ne pouvoir le supporter.

Le même courant électrique passa entre eux, l'ébranlant au plus profond de son être. Il avait oublié où ils se trouvaient. Qui ils étaient. Qui *il* était, surtout. Angel lui faisait oublier le monstre qui sommeillait en lui. Rafe réprima sans pitié l'espoir infime qui germait dans son esprit. Espérer ne servait à rien. Au contraire, cela n'aboutissait qu'à des catastrophes. Mieux valait se confronter à la réalité, aussi sombre soit-elle, et assumer ce qu'elle offrait.

— Pas de kyrielle d'amants non plus, alors…

La note voilée de sa voix fit tressaillir Rafe. Luttait-elle contre les mêmes visions érotiques qui l'assaillaient ?

— Et moi qui pensais que nous vivrions un mariage moderne ! poursuivit-elle. Une union où l'adultère et l'ennui sont la règle.

Cette fois, il y avait eu du cynisme dans sa voix. Pensait-elle à un couple précis en prononçant ces paroles ?

— C'est peut-être à la mode, répliqua-t-il en s'arrêtant de danser.

Il l'entraîna à l'écart de la piste, tout en la gardant dans ses bras alors qu'il aurait très bien pu la lâcher.

— Mais je dois vous avertir, Angel : je ne serai jamais moderne, ni à la mode ni ouvert d'esprit.

Il cherchait à la dissuader, comprit Angel tandis qu'elle se retrouvait le dos collé à une haute colonne, dure et lisse. Rafe la dominait, grand et sombre, et sa proximité faisait naître une excitation joyeuse dans ses veines, ainsi que des frissons délicieux dans tout son corps.

C'était une réaction nerveuse, se convainquit-elle. Rien de plus.

— Marché conclu, alors ? demanda-t-elle. Ou allez-vous persister à vous montrer désagréable, jusqu'à ce que je m'enfuie en courant avant de m'adresser à un homme plus malléable ?

Ses yeux gris étincelèrent d'arrogance. Il ne craignait nullement qu'elle s'enfuie…

— Vous me trouvez désagréable ? demanda-t-il avec hauteur.

Angel posa la main contre son torse puissant. Il était si chaud…

— Il s'agit d'un mariage de convenance, dit-elle précipitamment. La vôtre aussi bien que la mienne. Je ne m'attends pas à ce que vous me souleviez dans vos bras en me citant *Roméo et Juliette*.

Sa bouche remonta aux coins. Ce n'était pas un sourire, pas vraiment, mais presque.

— Vous êtes si pragmatique…

Il referma sa main sur la sienne, la retenant prisonnière. Etait-ce le cœur de Rafe ou son propre pouls qui battait si fort sous sa paume ? se demanda Angel.

— Alors, marché conclu ? insista-t-elle, sentant la tête lui tourner.

Tout d'abord, il la regarda en silence, le visage dur et le regard froid. Brusquement, Angel réalisa à quel point il était un étranger pour elle. Un parfait inconnu, à qui elle avait demandé de l'épouser au milieu d'une salle de réception royale, dans un pays étranger, après avoir échafaudé un plan absurde, sur un stupide coup de tête. Cette histoire ne pouvait mener qu'à un désastre.

— Oui, dit-il enfin. Marché conclu. Nous nous marierons dès que vous le souhaiterez.

Un pressentiment étrange envahit Angel. Elle aurait plutôt dû choisir un homme moins dangereux, et plus âgé, se dit-elle dans un sursaut de panique. Quelqu'un qu'elle aurait pu manipuler d'un sourire et soumettre à sa volonté. Mais pas celui-là. Pas Rafe. Elle devait mettre fin à cette comédie absurde. Sur-le-champ.

Et pourtant, elle ne bougea pas. Ne dit pas un mot.

— Vous avez l'air terrifiée, fit-il en haussant un sourcil.

Angel inclina la tête en arrière et le regarda dans les yeux.

— Pas du tout, mentit-elle. Maintenant, il faut sceller notre arrangement, vous ne croyez pas ? Par un baiser ?

— Il ne s'agit pas d'un conte de fées, Angel, dit-il d'une voix sombre.

— Dans ce cas, vous n'avez pas à craindre de vous retrouver transformé en crapaud, répliqua-t-elle sans réfléchir.

La bouche de Rafe frémit tandis qu'un éclat troublant traversait ses yeux.

— Comme vous voudrez, murmura-t-il.

Il lui prit le menton, comme si elle lui appartenait déjà, puis il pencha la tête et prit sa bouche.

Le baiser fut léger, mais impérieux et possessif. Rafe imprimait sa marque sur elle. Angel sentit des ondes se propager partout dans son corps, douces et douloureuses à la fois. La caresse des lèvres de Rafe était savante, envoûtante… Jusqu'à ce que, brusquement, il écarte son visage du sien et redresse la tête.

Gagnée par une frustration inouïe, Angel se sentit rougir. A présent, elle avait si chaud…

Son contrôle lui échappait.

Lorsque Rafe lui lâcha le menton, elle ne put s'empêcher de porter une main tremblante à ses lèvres.

Venait-il vraiment de l'embrasser ? Là, dans la salle de réception du palais Santina, bourrée d'invités huppés venus célébrer les fiançailles d'Allegra et du prince héritier, Alessandro ?

A cet instant, Angel vit enfin un sourire se dessiner sur la bouche de son futur époux.

3.

Durant tout le voyage de retour, Angel se passa et repassa le souvenir de ce sourire en boucle. Il avait illuminé le visage dévasté de Rafe, le transformant en un autre homme.

Et ce baiser… La sensation de la bouche ferme pressée contre la sienne restait gravée dans sa mémoire. Elle revenait sans cesse la hanter, accompagnée d'une chaleur inconfortable qui se répandait dans tout son corps.

L'intensité de sa propre réaction avait été provoquée par la surprise, se répéta-t-elle. La surprise causée par la passion à peine retenue de Rafe, lorsqu'il l'avait embrassée. Et le fait qu'elle y ait répondu. Le lien véritable qui les unissait était l'argent. Celui de Rafe, dont elle avait un besoin vital.

— Voici mes coordonnées, avait-il dit d'un ton impersonnel en lui tendant une petite carte blanche.

Ils se trouvaient alors dans sa voiture, qui les raccompagnait à leurs hôtels respectifs, une fois la réception terminée. En revanche, il avait refusé toute information la concernant, y compris son numéro de téléphone portable.

— Une fois rentrée à Londres, et les effets du champagne dissipés, tu pourrais te rendre compte que cet arrangement ne t'intéresse plus autant.

Sa voix et son regard avaient été neutres. Détachés.

— Je vais te décevoir, avait-elle répliqué. Je ne suis pas ivre.

A vrai dire, les paroles de Rafe l'avaient blessée, ou plutôt offensée, alors qu'il n'y avait pas lieu de l'être.

Après tout, Rafe se montrait prudent, ce qui était tout à fait compréhensible. Elle-même aurait peut-être dû l'imiter. Mais dans l'intimité du luxueux véhicule, Angel s'était sentie habitée par une détermination farouche. Parce qu'elle devait persister dans sa décision. Elle n'avait pas le choix.

— Nous verrons, avait-il répliqué. Je ne t'en voudrai pas si, réflexion faite, tu décides qu'au fond, tu l'étais.

— Je ne suis pas ivre, avait-elle répété lentement. Mais tu peux prétendre que je l'étais, si cela te permet de te démettre, comme tu sembles le souhaiter.

— Appelle-moi lorsque tu seras arrivée à Londres, avait-il dit d'une voix douce. Ou ne m'appelle pas.

La voiture venait de s'arrêter devant l'hôtel d'Angel et lorsque Rafe lui avait adressé un regard brillant de défi, elle avait senti une tristesse affreuse l'envahir.

Mais naturellement, elle l'avait appelé dès qu'elle était sortie de l'aéroport d'Heathrow, puis lorsqu'elle était rentrée chez elle.

— Eh bien, avait-elle déclaré en guise de message, deux jours plus tard, et sans avoir bu une seule goutte de champagne, je désire toujours ce mariage, comme je l'avais prévu. Mais je dois te dire, Rafe…

Seule dans son petit salon plongé dans la pénombre, elle s'était autorisée à reconnaître qu'elle adorait la façon dont son prénom résonnait dans sa bouche.

— … que je ne suis pas comme toi : je t'en voudrais vraiment si tu changeais d'avis.

Elle désirait ce mariage avec Rafe, à tout prix. Comment aurait-il pu en être autrement ? Grâce à lui, toutes ses prières se voyaient exaucées : elle serait riche et, en plus, comtesse ! Tous ses problèmes seraient résolus ! Finalement, elle ne s'était pas mal débrouillée… Pas mal du tout…

Et s'il demeurait une espèce de trou béant en elle, noir et amer, elle avait bien l'intention de l'ignorer.

— Je suis désolé, j'ai des affaires urgentes qui me retiendront toute la semaine, prévint Rafe quand il répondit enfin à ses messages.

A vrai dire, Angel commençait à se demander si elle n'avait pas rêvé toute cette histoire.

— Et je crains de ne pouvoir accorder un seul instant à ma fiancée, ajouta-t-il.

Sa fiancée. Un frisson lui parcourut le dos à ces mots.

— S'agirait-il d'une mise à l'épreuve ? répliqua-t-elle d'un ton ironique.

C'en était une, Angel en était certaine. Il voulait être sûr qu'elle s'engageait avec lucidité. Qu'elle le choisissait vraiment. Lui, Rafe.

En outre, il souhaitait peut-être se réserver un peu de temps lui aussi, pour être sûr de sa propre décision. Car, dans cet arrangement, il apportait beaucoup plus qu'elle. Et il devait y avoir un nombre incroyable de candidates avides de devenir comtesse de Pembroke, même s'il prétendait le contraire. Rafe avait le choix, mais pas elle.

Cette pensée emplit Angel de désespoir. Et de désir. Deux sentiments qu'elle n'avait encore jamais ressentis en même temps pour un homme.

Elle promena son regard sur les témoins de la vie qu'elle s'était évertuée à considérer comme la sienne, avant de tout faire pour la quitter. Les livres qu'elle avait accumulés, en dépit des remarques méprisantes de Chantelle qui appelait cela son *bazar*... Chacun d'eux représentait un moyen de fuir, de rêver, de faire les études qu'Angel s'était refusées autrefois.

— Pas du tout, répondit Rafe, la ramenant au présent. Disons plutôt que c'est une période de réflexion et de recherche. Je suggère que tu en profites pleinement.

— De réflexion et de recherche ? répéta-t-elle avant de se mettre à rire.

Avant tout, il fallait rester dans le domaine de la légèreté. Elle effleura le dos de l'un de ses livres préférés, un vieux classique qu'elle avait relu plusieurs fois et qui la ravissait à chaque nouvelle lecture.

— Tu découvriras vite que je suis un livre ouvert. Rédigé dans un style très simple et très facile à lire.

— Peut-être. Mais pas moi, répliqua-t-il.

Il y eut un silence. Pourquoi se taisait-il ? Où était-il ? Dans quel genre de pièce se tenait-il ? Regrettait-il déjà sa décision ?

— Tu pourrais te reprocher de ne pas avoir réfléchi plus sérieusement à tout ceci, Angel.

— Mais oui, mais oui ! approuva-t-elle d'un ton faussement blasé. Je connais le proverbe : « Qui se marie promptement, toute sa vie s'en repent. » Puisque tu insistes, je te promets de réfléchir *sérieusement* à tous les changements que ton argent va apporter dans ma vie.

— Très bien. Mon chauffeur viendra te chercher lundi matin, poursuivit-il. Notre arrangement doit être étudié en détail, avec mes avocats.

— Et si je souhaite te parler avant ? demanda-t-elle, dans le seul but de l'irriter.

Et puis, vu que l'on était un mardi matin, le lundi suivant était encore loin. Elle allait se retrouver seule face à ses problèmes, et se répéter que tout allait s'arranger, sans en avoir aucune preuve tangible…

Elle risquait de devenir folle.

— Tu sembles être douée pour laisser des messages particulièrement longs dans ma boîte vocale, répliqua-t-il d'une voix suave. Par conséquent, tu n'auras qu'à procéder de la même façon si tu as besoin de me joindre.

Longtemps après la fin de leur conversation, Angel resta immobile devant la fenêtre, le téléphone à la main. Elle regarda la rue, le cœur battant trop vite et trop fort, sans rien voir que l'avenir qu'elle avait imaginé, par pure provocation.

Avait-elle poussé ce conte fait sur mesure un peu trop loin ? Après avoir vu sa demi-sœur dans un vrai palais, semblable à une Cendrillon qui avait trouvé son prince charmant, avait-elle perdu la tête ?

Les contes de fées se révélaient parfois cruels, et avaient souvent pour cadre des forêts sinistres, où des loups se tenaient tapis dans l'ombre, à l'affût…

Angel ignorait tout de l'homme qu'elle allait épouser, et soudain, l'avenir lui apparut plein de menaces.

En dépit de l'heure tardive, Rafe ne dormait pas. Il contemplait les photos étalées devant lui sur le drap, qui retraçaient la carrière sporadique de mannequin d'Angel en couleurs vives, ou en noir et blanc intense. Fasciné, il les soulevait l'une après l'autre, scrutant la moue arrondissant sa bouche sensuelle, le regard mystérieux dont elle fixait l'objectif, et ces longues jambes fuselées…

— Votre future comtesse, avait dit Alistair avec sa condescendance habituelle en lui tendant le dossier.

Mais Rafe n'avait cure de l'opinion de l'avocat responsable de son équipe juridique.

En outre, il aurait dû repousser ces clichés après y avoir jeté un coup d'œil, ne pas laisser ce désir farouche fuser en lui, encore et encore, tandis que ses yeux dévoraient ce corps sublime.

Angel était si belle… Pourtant, il était bien placé pour savoir que la beauté extérieure ne comptait pas. Ne l'avait-il pas compris dès son plus jeune âge ? Les cicatrices de son visage n'étaient rien, comparées aux ravages qu'avait subi son moi intime. Les fantômes pouvaient en attester. Tous les camarades de sa division. Toute sa famille. Ils étaient là, au plus profond de lui, formant un trou noir à la place du cœur.

Après avoir quitté son lit, Rafe se dirigea vers les hautes fenêtres donnant sur Londres, mais il ne voyait que le visage d'Angel. Son sourire insouciant. L'intelligence aiguë brillant dans son regard. Il *sentait* la chaleur féminine de son corps, la douceur de sa peau. De sa bouche…

Un homme raisonnable n'aurait pas cédé à pareil désir. Un homme décent aurait mis un terme à cette folie dès son retour à Londres et à la réalité. Rafe n'était sans doute ni raisonnable ni décent, mais il savait qu'une part de lui-même avait survécu : celle qui aurait pu donner l'homme qu'il aurait dû être, et n'avait jamais été. Enfouie au plus profond de son être, une flamme ténue refusait de s'éteindre.

S'il était resté un tant soit peu un homme, s'il possédait encore une once d'humanité, il ne devait pas laisser Angel s'enchaîner à lui. Elle ne voyait en lui qu'un sauveur, qu'un compte en banque, alors qu'en l'épousant, elle allait hériter de tous ses travers. Or elle méritait mieux que cela. Mieux qu'une épave comme lui.

Alors, pourquoi n'arrivait-il pas à se résoudre à prendre la seule décision envisageable ? Il se dit qu'Angel savait à quoi elle s'engageait, ou à peu près : elle épousait un parfait étranger, pour son argent. Il se répéta que leur mariage serait une transaction d'affaires, un pur arrangement. Qu'ils en tireraient profit, chacun à sa façon, sans qu'à aucun moment il ne soit question de *sentiment* dans cette union.

Il fallait que tout soit clair dès le début. Il s'agissait de devoir et d'obligation, de responsabilités et de règles, qui tiendraient le monstre en respect. Et limiteraient les inévitables dégâts.

Rafe ne lui promettait rien. Elle ne prétendait pas être amoureuse de lui. Ils obtiendraient tous deux ce qu'ils attendaient, rien de plus.

Lorsqu'il posa sa main contre la vitre froide, il se rappela le monstre qu'il était vraiment, et de quoi il était capable. Le froid lui engourdit douloureusement le bras, mais il garda la paume appuyée contre la vitre, acceptant la douleur comme un châtiment.

Il ne s'agissait pas d'espoir, mais de désir, et de besoin. Il ne devait pas l'oublier.

Angel découvrit la photo le vendredi suivant, dans l'un des journaux à sensation les plus sordides. Le paparazzo les avait surpris au moment où ils se dirigeaient vers la voiture de Rafe, après avoir quitté la réception donnée au palais.

Longtemps, elle resta dans le bar à contempler la jeune femme qui penchait légèrement la tête, tournée vers l'homme qui marchait à ses côtés. Même sur cette impression de mauvaise qualité, Rafe paraissait impressionnant — bien trop —, tandis qu'elle ressemblait à son arriviste de mère. Le journal avait bien sûr lui aussi fait le rapprochement, constata Angel en rougissant de honte.

Le monde entier saurait bientôt qu'elle épousait Rafe pour son argent, tout comme Chantelle s'était autrefois mariée avec Bobby. Les journalistes la qualifieraient d'*opportuniste*, et, pire encore, d'*aventurière*. Et ils auraient raison.

Alors qu'elle avait passé des années à ne pas ressembler à sa mère, Angel se voyait soudain contrainte d'accepter qu'elle était effectivement comme elle.

Après s'être avoué son échec, comment réussirait-elle à vivre ? A se regarder en face ? Angel quitta le bar et reprit le chemin de son immeuble en refoulant les émotions qui se bousculaient en elle, ainsi que les larmes qui se pressaient dangereusement sous ses paupières.

Elle ne pleurerait pas, même si elle était dans un état épouvantable.

Alors qu'elle s'engageait dans sa rue, elle reçut un appel de Ben, ce qui n'arrangea rien. Ralentissant le pas, Angel se força à lui répondre avec son habituelle insouciance, mais cette fois elle eut beaucoup de mal.

— Qu'est-ce que tu fabriques avec le comte de Pembroke ? demanda aussitôt Ben.

Il s'inquiétait vraiment à son sujet. Il se souciait de tous les Jackson. Ben était ainsi, depuis toujours.

Angel sentit son ventre se nouer de honte, mais aussi de panique. Que dire ? Comment pourrait-elle encore se présenter devant lui si elle poursuivait son plan insensé ? Son demi-frère l'avait toujours soutenue, en dépit de ses choix bancals, de ses erreurs.

Mais cette fois, il allait être déçu, profondément. Envahie par un découragement atroce, Angel ne put se résoudre à lui avouer la vérité. Pas à Ben, qui se préoccupait sincèrement de son sort, et qui serait vraiment *triste* pour elle.

Elle lui répondit par des banalités, sans même réfléchir à ce qu'elle disait. Quelle importance ? Lorsqu'elle rentrerait chez elle, elle appellerait Rafe et mettrait un terme à cette folie.

— Fais attention à toi, Angel, dit Ben.

Comme s'il pouvait la voir ! songea Angel en sentant sa gorge se nouer. Comme s'il savait. Mais il n'en était rien. Ben verrait sans doute cette photo horrible, sur laquelle on ne distinguait pas les cicatrices de Rafe, mais au fond tout cela n'était que mensonge.

— Je fais toujours attention à moi, Ben.

Non, elle *survivait*.

— Je suis sérieux. Je ne connais pas ce type…

— Il est riche et noble, Ben. Que pourrais-je désirer de plus ?

Longtemps après qu'elle eut remis son portable dans sa poche, sa propre question résonnait encore dans son esprit, sans qu'aucune réponse ne lui vienne. En ce mois d'avril, il faisait gris et froid, et une bourrasque la fit frissonner. Soudain, le printemps lui apparut une pure chimère et la rue lui sembla aussi désolée, aussi vide qu'elle-même. Courbant la tête pour affronter le vent et le froid, Angel enfonça le menton dans son écharpe et se dirigea vers la porte de son immeuble sans rien voir.

Dès qu'elle redressa la tête, elle aperçut la silhouette mince qui l'attendait, ses longs cheveux blonds flottant au vent, une cigarette à la main et un journal dans l'autre. Angel sentit son souffle se bloquer dans sa poitrine : Chantelle…

Installée sur l'une des chaises de la minuscule cuisine, elle paraissait parfaitement à l'aise, songea Angel en l'observant. Chantelle n'éprouvait ni la moindre honte ni le moindre remords. Et, bien sûr, elle ne s'était pas donné la peine d'éteindre sa cigarette avant de pénétrer dans l'immeuble.

— Un comte, rien que ça ! s'exclama-t-elle en tapotant le journal de son index parfaitement manucuré. Tu as quand même appris quelque chose de ta mère, en fin de compte.

— Tu m'apportes un chèque, Chantelle ? demanda Angel en dénouant son écharpe. Parce que tu n'es pas venue juste pour me dire bonjour alors que tu me dois cinquante mille livres — sans compter les intérêts qui grimpent de jour en jour ?

Chantelle exhala un long nuage de fumée.

— Pas étonnant que je ne t'aie pas vue une seule fois à Santina, dit-elle en ignorant totalement les paroles d'Angel.

A la voir, on aurait pu croire que rien ne s'était passé. Que les conséquences de son acte, commis *par inadvertance*, ne changeaient rien à leur relation.

— J'avais pensé que tu m'évitais, poursuivit-elle, alors que tout le temps, tu te cachais avec ce comte et que vous…

— Cinquante mille livres ! l'interrompit brutalement Angel. Où avais-tu donc la tête ?

— C'était un accident, dit sa mère, sans le moindre embarras.

Chantelle ignorait le sens même du mot *embarras*. Angel l'avait compris au fil des années. Sa mère ignorait tout des émotions. Elle ne pouvait que les feindre.

— Tu sais bien que je te rembourserai, ma chérie. Il s'agit juste de me dépanner.

— C'est faux, tu ne me rembourseras pas. Comme d'habitude.

— Mais maintenant, cela n'a plus d'importance, n'est-ce pas ? riposta aussitôt Chantelle sans se démonter. Si tu t'y prends bien, tu seras bientôt comtesse, et alors, tu n'auras plus aucun souci d'argent : tu en auras *à la pelle*.

Elle n'avait même pas cherché à dissimuler le soupçon d'amertume qui avait teinté sa voix, ni la lueur envieuse qui avait éclairé son regard cupide. Angel contempla les yeux bleus, identiques aux siens, horrifiée de ressembler à cette femme.

Car elle lui ressemblait *en tout*, songea-t-elle avec un frisson glacé. Ne venait-elle pas de le prouver en se jetant à la tête de Rafe ?

— Tu ne crois quand même pas qu'après avoir usurpé mon identité et m'avoir légué tes dettes monumentales, je vais te donner de l'argent ?

Mais, au fond, elle n'était pas du tout surprise de l'attitude de Chantelle. A cet instant, celle-ci se leva de sa chaise avant d'aller écraser sa cigarette dans l'évier. A sa fille de nettoyer ses saletés, bien sûr.

— Je t'ai élevée toute seule, Angel, dit-elle sans se retourner. J'avais à peine dix-huit ans à ta naissance, et ça n'a pas été facile, crois-moi.

Il y avait une inflexion nostalgique dans sa voix. Feinte, comme toujours.

L'espace d'un bref instant, Angel se prit à souhaiter que sa mère soit quelqu'un d'autre, n'importe qui. Un être humain, qui prononce les mêmes paroles que Chantelle avec sincérité. Ne serait-ce qu'une fois.

— Toute seule ? répéta-t-elle d'un ton ironique. Que fais-tu des hommes qui défilaient sans cesse à la maison ? Certains d'entre eux n'étaient que tes amants, mais d'autres étaient de vrais papas gâteaux, et mariés, n'est-ce pas ? Comme mon père.

— D'autres que toi se montreraient un peu plus reconnaissantes, riposta Chantelle d'une voix dure. J'ai fait de mon mieux, *pour toi*, alors que j'étais moi-même à peine sortie de l'enfance.

— Je t'en prie, Chantelle ! s'exclama Angel en éclatant d'un rire bref et dénué de toute gaieté. Tu n'as jamais été une enfant.

— Parce que je n'ai pas eu le choix, rétorqua-t-elle. J'ai dû me contenter de ce qui s'offrait à moi. Sinon, comment t'aurais-je nourrie ?

Sur ces mots, Chantelle se retourna, les yeux étincelants, si bleus, si fourbes…

— Pourquoi es-tu venue ? demanda tranquillement Angel. Tu ne me rembourseras pas, tu ne t'excuseras même pas, alors qu'est-ce que tu veux ?

— Une mère ne peut-elle pas passer voir sa fille ? Surtout quand celle-ci ne répond pas à ses appels depuis une éternité.

— Je sais comment tu fonctionnes, Chantelle. Tu vas continuer jusqu'à ce que je me sente coupable. Ensuite, tu continueras encore, jusqu'à ce que je finisse par te rassurer, et t'aider à ne pas te sentir coupable. Et que *je* m'excuse pour ce que *tu* m'as fait. Cela se termine toujours ainsi.

— Comme tu y vas ! répliqua Chantelle d'un ton méprisant. Avec tes grands airs, tu te prends déjà pour une comtesse, ma parole ! Mais n'oublie pas que, moi, je sais ce que tu es vraiment, Angel.

Elle désigna le journal posé sur la table d'un mouvement de tête.

— Nous sommes pareilles, toi et moi. La seule différence, c'est que je suis un peu plus honnête que toi.

— Honnête ? Tu ne sais même pas ce que ce mot veut dire !

— Je vois que tu préfères l'affrontement, dit Chantelle d'une voix faussement peinée.

Mais voyons… C'était *elle*, la grande victime de l'histoire !

— Et tu prends plaisir à me faire passer pour la méchante, poursuivit-elle. Alors que je suis venue pour arranger les choses, Angel, et que tu refuses de m'écouter.

— Je t'ai donné cinquante mille livres, *maman*, repartit Angel d'un ton brutal. Sans même le savoir, ni que tu me l'aies demandé. Maintenant, je n'ai plus *rien* à t'offrir, au sens littéral du terme car il ne me reste absolument *rien*.

Comme elle s'y attendait, Chantelle s'en alla en claquant la porte. Ce qui surprit Angel, ce fut de constater qu'elle ne se retrouvait pas anéantie par l'une des habituelles petites visites déprimantes de sa mère.

Prenant le journal resté sur la table, elle étudia de nouveau la photo. Rafe était solide, puissant, cela se voyait au premier coup d'œil. Cette façon de se tenir droit, dans laquelle on percevait l'ancien militaire. Un tel homme ne se laisserait jamais impressionner par une femme comme Chantelle.

Cette pensée réconforta aussitôt Angel. Si elle épousait Rafe, ce serait comme si Chantelle n'existait même pas.

Certes, il ne lui promettait pas le bonheur, mais il lui assurait la sécurité matérielle. Et soudain, alors que l'odeur de tabac blond flottait encore dans l'air, Angel comprit que si elle voulait connaître un minimum de bonheur dans sa vie, elle devait se protéger contre Chantelle et ses manigances. Et que seul l'argent l'y aiderait. De l'argent *à la pelle*, comme avait dit sa mère. Et si jamais il y avait une faille, elle l'assumerait, sans broncher.

Chantelle n'aurait plus jamais le pouvoir de lui gâcher l'existence. Elle n'y aurait même plus accès.

A cette pensée, Angel sentit un souffle de liberté l'envahir.

Elle n'avait pas parlé de ses ennuis à Ben parce qu'il lui aurait aussitôt donné de quoi renflouer le compte en banque ouvert par Chantelle. Mais celle-ci aurait recommencé. Combien de fois Ben aurait-il pu l'aider ? Il ne pouvait s'agir que d'une aide temporaire. Tandis qu'épouser Rafe offrait une solution à long terme. Il avait accepté d'avance de rembourser ses dettes. Et, à la différence de Ben, il recevrait au moins quelque chose en retour.

Cette fois, elle allait se libérer de Chantelle. Pour de bon.

Angel songea au visage dévasté de Rafe, à sa passion retenue qui l'avait fait trembler. A ce baiser brûlant dont le souvenir la hantait encore et qui l'empêchait de dormir. A ces sensations dangereuses qu'elle redoutait d'analyser.

Avec Rafe, la vie ne serait pas facile, elle l'avait compris. Leur quotidien se révélerait peut-être même délicat, voire désagréable. Ils étaient des étrangers l'un pour l'autre et, manifestement, ils n'avaient rien en commun.

Les risques de catastrophe étaient donc *très* élevés.

En outre, l'ironie de la situation était si flagrante… Pour échapper à sa mère, Angel allait l'imiter, faire ce qu'elle avait toujours juré de ne *jamais* faire.

Elle aurait pu attendre, dans l'espoir de trouver une autre solution, n'importe laquelle, mais elle était à court d'idées.

En vérité, Angel se sentait affreusement lasse de se contenter de survivre. De se voir sans cesse confrontée à un nouvel obstacle à surmonter. Elle était fatiguée de tenir au jour le jour, de devoir toujours inventer de nouvelles stratégies. Elle en avait assez d'être contrainte de régler des situations impossibles, dont elle n'était même pas responsable.

Et que pouvait bien lui faire l'opinion des autres ? Elle était déjà établie, depuis des années. Alors, qu'ils la gardent !

La vie serait *forcément* plus facile avec Rafe, se dit Angel.

Elle se dirigea vers l'évier et contempla le mégot qui dégageait maintenant une désagréable odeur de tabac froid. Tout, mais pas les ordures laissées par sa mère. Non, jamais plus, se promit-elle en le jetant à la poubelle.

[illegible]

[illegible]

[illegible]

[illegible]

[illegible]

— [illegible]

[illegible]

4.

A partir du lundi matin, les événements se précipitèrent. Le chauffeur de Rafe vient la chercher comme prévu et alors qu'Angel était confortablement installée sur la banquette arrière, elle entendit son téléphone sonner dans son sac.

— Tu n'as pas changé d'avis, à ce que je vois ?

La voix riche et profonde de Rafe la fit frissonner tandis qu'elle serrait l'appareil contre son oreille.

— Si tu ne reprends pas tes esprits maintenant, Angel, tu vas te retrouver coincée…

— Et toi, tu devrais peut-être réfléchir avant de t'engager dans une transaction dont tu n'es pas sûr de la réussite, répliqua-t-elle de son ton le plus insouciant.

— Je t'aurai prévenue, répliqua-t-il lentement.

Angel entendit à peine ses paroles. Elle ne pouvait penser qu'à ses yeux gris, à la chaleur inouïe de sa bouche sur la sienne, au désir qui s'emparait d'elle, à cet instant même, alors que Rafe n'était même pas présent.

— En effet, approuva-t-elle. Et si je découvre que tu es Barbe Bleue, je n'aurai qu'à m'en prendre à moi-même.

— Du moment que tout est clair, dit-il d'une voix soyeuse.

Puis il mit fin à la communication.

Angel garda le téléphone dans la main. Son cœur battait à tout rompre. C'était à cause de la circulation, particulièrement dense à cette heure. Le mélange d'excitation et de peur qui l'avait envahie n'y était pour rien.

Mais, en dépit de tous ses efforts, elle ne réussit pas à

s'en convaincre. Car c'était bien du désir qu'elle ressentait, reconnut Angel avec stupeur.

Durant le reste du trajet, elle s'ordonna de se ressaisir et se prépara à revoir Rafe.

Mais il n'était pas là pour l'accueillir. Ce fut un bataillon d'avocats qui s'en chargea. Huit hommes rassemblés autour d'une vaste table ancienne dont le bois sombre reflétait la lumière du lustre.

Dès qu'elle avait posé le pied sur le trottoir et aperçu la somptueuse demeure de Rafe, située au cœur de l'un des quartiers les plus huppés de Londres, Angel avait ressenti l'infériorité de sa classe, depuis son éducation jusqu'à la façon, trop décontractée, dont elle s'était habillée ce jour-là.

Tout cela se passait dans sa tête, se convainquit-elle en saluant les avocats qui la contemplaient d'un air sévère.

— Je pensais que Rafe serait présent, dit-elle en s'asseyant.

— Nous sommes ici pour représenter les intérêts du comte, répliqua l'avocat qui trônait au bout de la table.

De tous, c'était celui qui la regardait de l'air le plus hautain.

— Et naturellement, pour protéger les vôtres, mademoiselle Tilson, enchaîna-t-il.

Il avait prononcé son nom avec dédain, montrant ainsi clairement qu'il désapprouvait la décision de son patron. Angel se força à sourire, bien déterminée à faire comprendre à ces hommes arrogants qu'elle ne se laisserait pas impressionner. Alors qu'en réalité, elle n'en menait pas large.

— Ce n'est pas la peine de prononcer mon nom comme s'il vous blessait les lèvres, dit-elle en s'appuyant au dossier dur de sa chaise. Bientôt, vous m'appellerez *comtesse*.

En se comportant ainsi, Angel savait qu'elle achevait de dresser toute l'équipe contre elle et confortait leur jugement, mais elle n'avait pu réprimer cette petite pique.

Feignant l'indifférence, l'avocat — manifestement le responsable de l'équipe —, commença à lui présenter des documents en lui en expliquant le contenu. Angel signa.

Et signa encore. Elle se vit contrainte d'étudier une suite de contrats, clause obscure après clause obscure, puis de répondre à des questions. Oui, elle comprenait le sens des termes du troisième paragraphe. Non, elle ne voyait aucune opposition à l'annexe B, clause 8. Et ainsi de suite…

Apparemment, il y avait mille petits détails à régler avant que le comte de Pembroke, huitième du nom, puisse se marier. La question de l'adultère. Ses conséquences. L'éducation des héritiers éventuels…

Le deuxième jour, Angel dut écouter d'autres explications, répondre à de nouvelles questions, signer de nouveaux contrats, documents…

Et Rafe ne se montra toujours pas.

Le troisième, de l'argent fut versé sur le compte créé par Chantelle au nom d'Angel, et un chèque fut envoyé à l'agence gérant son appartement. Angel n'eut qu'à signer et à fournir toutes les informations qu'on lui demanda.

Il s'agissait d'un arrangement purement pratique, froid, songea Angel le huitième jour en sirotant le thé qu'un serviteur venait régulièrement proposer, accompagné d'un assortiment de délicieuses pâtisseries. Le thé et les gâteaux étaient le symbole de la vie paradisiaque qui l'attendait, après être passée par le purgatoire de la paperasserie, se dit-elle en appréciant de nouveau la qualité du breuvage.

Que rêver de mieux ? Sa nouvelle existence serait réglée d'avance, de façon rationnelle.

Lorsque, le lendemain, le chauffeur la déposa devant le luxueux cabinet du médecin privé de Rafe, Angel se persuada qu'elle n'était pas choquée. Avec une politesse parfaite, il lui demanda de se soumettre à un examen complet, comprenant toutes sortes d'analyses sanguines et des investigations beaucoup plus intimes.

Evidemment, lord Pembroke tenait à s'assurer que sa future épouse était fertile, et saine. Il désirait en avoir pour son argent.

Par conséquent, elle n'avait aucune raison de se sentir envahie par un vide glacial, se convainquit Angel lorsqu'elle se retrouva chez elle le soir, dans ce petit appartement qui lui paraissait de plus en plus miteux. N'avait-elle pas *choisi* ce qu'il lui arrivait ?

Le dixième jour, après avoir passé de nouveau des heures à étudier des documents, des contrats, à se prêter aux questions des avocats, elle traversa le hall majestueux de la maison de Rafe d'un pas rapide, pressée de s'en aller. Et soudain, elle le vit, debout dans l'embrasure de la haute porte de la salle de réception donnant sur le hall. Il était si immobile qu'Angel aurait très bien pu ne pas le remarquer. Mais un frisson étrange lui avait parcouru la nuque, l'avertissant de sa présence avant même qu'elle l'ait aperçu.

Lorsqu'elle tourna la tête vers Rafe, il se passa exactement le même phénomène que la première fois, au palais Santina. Plus rien n'exista que ses yeux gris.

Lentement, Angel s'arrêta, pivota vers lui et, sans même le vouloir, s'avança d'un pas, avant de s'arrêter de nouveau devant Rafe.

Il la regardait, l'air encore plus solide que dans son souvenir. Il dégageait une autorité naturelle. Ainsi qu'une détermination *impitoyable*.

Soudain, elle eut la sensation distincte de courir un danger. Le sang se mit à pulser dans ses veines tandis qu'elle ressentait une bouffée d'adrénaline. Rafe lui parut plus grand, plus sombre, presque menaçant.

— Je commençais à me demander si tu étais le fruit de mon imagination ou si tu existais vraiment, dit-elle d'un ton léger. Jamais je n'aurais imaginé qu'il puisse y avoir autant de documents, de contrats…

Pas un muscle ne tressaillit sur son visage, mais Angel eut l'impression que Rafe s'était rapproché, qu'il la dominait davantage encore.

— T'étais-tu convaincue qu'il s'agissait d'un mariage romantique, Angel ? demanda-t-il de sa voix basse et profonde.

Aussitôt, des frissons brûlants parcoururent Angel, bientôt remplacés par d'autres, glacés.

— Si c'est le cas, continua-t-il, je crains que tu n'ailles au-devant d'une terrible déception.

Elle sourit. Parce que si elle montrait le moindre signe de confusion ou de panique, il annulerait tout, elle le pressentit.

— Si j'avais nourri un tel fantasme, ces dix jours infernaux m'auraient ramenée sur terre, tu ne crois pas ? C'était d'ailleurs sans doute le but.

Un long silence s'installa entre eux tandis qu'il plissait légèrement les yeux et que sa bouche se durcissait encore. Angel ne put s'empêcher de revivre la sensation de ses lèvres fermes sur les siennes. Soudain, elle pensa à leur nuit de noces. Y en aurait-il une, au sens traditionnel du terme ? Sentirait-elle bientôt le corps nu de cet homme contre le sien ? A cette pensée, son souffle se bloqua dans sa gorge.

— Tu ne t'en rends peut-être pas compte, dit-il enfin, mais je cherche à te protéger autant que moi.

Elle refoula les images torrides qui avaient jailli dans son esprit.

— C'est moi qui suis venue te trouver, rappela-t-elle en lui adressant son sourire le plus éblouissant. Pour te demander si tu aurais l'amabilité de me laisser t'épouser pour ton argent, tu te souviens ? Alors je ne pense pas avoir besoin d'être protégée de toi. En revanche, je devrais peut-être demander à ton armée d'avocats si *tu* as besoin d'être protégé de moi. Quelque chose me dit qu'ils le pensent.

Rafe était un homme très occupé et, quand il venait à Londres, il s'efforçait de régler ses affaires rapidement pour y séjourner le moins longtemps possible. En effet, il haïssait cette ville sale et immense, autant que son frère l'avait aimée.

Mais cette fois, il avait eu un mal fou à se concentrer,

à penser à autre chose qu'à Angel. A l'intelligence qui éclairait ses yeux bleus, à la courbe malicieuse de sa belle bouche sensuelle. A ce corps aux courbes ravissantes, aujourd'hui moulé dans un jean qui mettait en valeur ses hanches rondes et ses jambes interminables. Quant au haut noir dont les plis compliqués le fascinaient, Rafe avait dû faire un effort surhumain pour en détacher les yeux.

Longtemps, Angel s'était contentée de le regarder. Et Rafe craignait qu'elle ne voie trop de choses en lui. Ou pas assez. Elle l'épousait pour son argent, et lui, il l'épousait parce qu'elle feignait de ne pas le prendre pour un monstre. Et parce qu'il ne pouvait s'empêcher de la désirer, à tel point que ce désir le consumait, le dévorait. Il lui faisait regretter que la situation ne soit pas différente ; que lui, Rafe, ne soit pas différent.

Ce désir ranimait la toute petite flamme qui frémissait encore en lui, malgré tout.

A vrai dire, il avait pensé qu'Angel renoncerait à son projet insensé, comme l'aurait fait toute personne saine d'esprit. Mais, jour après jour, elle avait tenu bon, entretenant ce qui représentait le pire des dangers, le plus traître, le plus insidieux : l'espoir.

Rafe savait tout cela, mais il ne pouvait se résoudre à l'étouffer.

— Je suis très bien protégé, dit-il brièvement. Comme mes avocats ont dû te le faire comprendre, je n'ai pas l'intention de dilapider la fortune de ma famille.

— Et certainement pas au profit d'une minable aventurière comme moi ! répliqua-t-elle avec son ironie habituelle.

Toutefois, son regard s'était assombri, remarqua Rafe.

— Au fait, j'espère que tu es satisfait des résultats des examens que m'a fait subir ton médecin ? ajouta-t-elle.

En dépit de la légèreté du ton, il y avait du reproche dans la voix d'Angel.

— T'attends-tu à des excuses ?

— Pas du tout, répondit-elle en souriant.

Mais Rafe ne la crut pas tout à fait.

— On m'a apporté les résultats des examens te concernant ce matin, poursuivit-elle. Permettez-moi de vous féliciter : vous êtes en parfaite santé, lord Pembroke ! Puissiez-vous le rester longtemps.

— Si tu souhaites des excuses, répliqua-t-il avec calme, tu n'as qu'à le dire. J'accéderai ou non à ta demande, mais je t'informe que je n'apprécie pas les attitudes passives-agressives. En aucun cas.

Il eut l'impression qu'il entendait battre le cœur d'Angel dans le hall désert, vite et fort. Et lorsqu'une adorable teinte rose envahit ses pommettes, il ne put s'empêcher d'en être ravi.

— C'est notre première dispute de fiancés, murmura-t-elle.

En fait, elle était en colère, devina Rafe. Sous ses airs de jeune femme aguerrie, Angel dissimulait de nombreux secrets. Alors que ce constat aurait dû l'inquiéter, Rafe se rendit compte qu'au contraire, il lui donnait envie de découvrir ce qui se cachait sous son attitude désinvolte et son assurance décontractée. *Il voulait voir la vraie Angel*, reconnut-il avec stupeur.

— Les masques ne m'intéressent pas, répliqua-t-il en ignorant ses paroles.

— Nous en portons tous, Rafe.

Etait-ce bien de la colère qui teintait sa voix ? Ou cherchait-elle à l'avertir que, sous ses cicatrices, elle percevait déjà les aspects moins flatteurs de sa personnalité ?

— La seule chose que nous puissions espérer, continua-t-elle, c'est que même si nous essayons tous de dissimuler des tas de choses, nous nous efforcions de rester honnêtes.

Parler de masques n'intéressait pas Rafe et, lorsque les yeux d'Angel s'assombrirent soudain, il fut de nouveau pris du désir d'enfouir les doigts dans ses cheveux ondulés avant de prendre sa bouche.

Il brûlait d'enlacer Angel. De la dépouiller de ses vêtements, d'explorer la perfection de ses courbes sous ses paumes. Elle s'était engagée à remplir certaines obligations, mais la fièvre qui faisait rage en lui n'avait rien à voir avec de quelconques *obligations*.

Quand il s'autorisa à effleurer sa joue du bout du doigt, Rafe sentit un léger tressaillement la parcourir.

— Je peux compter sur ta franchise, c'est cela, Angel ?

Sa propre voix lui parut terriblement rauque.

— Bien sûr, répondit-elle dans un souffle.

Elle réagissait à l'homme, pas au monstre, songea Rafe en frémissant. C'était encore plus périlleux, plus dévastateur que les réactions horrifiées des autres femmes.

Jamais il n'aurait dû laisser cette folie aller aussi loin. Il devait y mettre un terme dès maintenant. Au lieu de cela, Rafe laissa descendre son doigt sur son menton, puis sur son cou.

— Je crois d'ailleurs avoir signé quelque chose à ce sujet, ajouta-t-elle.

Ses sourcils au dessin parfait se haussèrent tandis que, une fois encore, ce sourire insouciant fascinait Rafe malgré lui. Il le poussait à croire à des choses qu'il savait pourtant illusoires. Il réveillait la petite lueur d'espoir, infime mais tenace.

Le sourire d'Angel s'élargit.

— En triple exemplaire, précisa-t-elle.

Angel épousa Rafe McFarland, huitième comte de Pembroke, par un jour de printemps humide et sombre, en harmonie avec la couleur des yeux de Rafe.

Cela faisait exactement trois semaines et demie qu'elle l'avait rencontré au cours de la soirée organisée en l'honneur des fiançailles d'Allegra, au palais royal de Santina.

Pour la cérémonie, elle avait choisi une robe bleu nuit dans sa garde-robe, parce que c'était celle qui faisait le moins *mariée*. En effet, elle avait décliné l'offre répétée du secrétaire particulier de Rafe, qui lui avait proposé de lui trouver *une tenue appropriée pour l'occasion*. Angel avait tenu à aller à son mariage dans une robe lui appartenant. *Ensuite*, elle profiterait de l'argent de son époux.

Quant à Rafe, il portait l'un de ses sublimes costumes taillés sur mesure qui mettait en valeur son corps puissant et proclamait son statut : le comte de Pembroke était l'héritier d'une grande famille, le propriétaire d'une immense fortune et jouissait de nombreux privilèges dont les origines remontaient à plusieurs générations.

Mais, sous ses titres de noblesse, il y avait aussi la volonté de fer d'un soldat. Elle semblait gravée dans sa chair, elle imprégnait sa posture. Angel la percevait dans la façon dont il plongeait maintenant son regard dans le sien, impérieux, plein de défi.

Envoûtée, elle ne détourna pas les yeux. Elle entendit à peine les paroles de l'officier d'état civil, enregistra à peine la présence des deux avocats de Rafe leur servant de témoins. Elle ne voyait que lui, Rafe. Avec une acuité incroyable, elle distinguait chacune de ses cicatrices, le dessin de sa bouche ferme, et soudain, elle comprit que, quoi qu'il arrive désormais, elle ne parviendrait plus jamais à se libérer de cet homme.

Mais alors que cette certitude aurait dû l'effrayer, elle s'installa en elle avec une tranquillité déconcertante.

La bouche de Rafe remonta légèrement aux coins quand en réponse à l'officier d'état civil, il dit :

— Oui, je le veux.

Pas un seul instant son regard ne quitta celui d'Angel, comme si Rafe attendait qu'elle cède à ses peurs, qu'elle renonce.

La panique envahit alors Angel, si violente qu'elle faillit tourner les talons et s'enfuir. Mais elle retint son souffle et répondit à son tour :

— Oui, je le veux.

Une vague de chaleur se déploya alors en elle, impitoyable et brûlante. Tout son corps sembla s'embraser. Les joues en feu, Angel sentit ses jambes trembler si fort qu'elle se demanda comment elle tenait encore debout.

Elle contempla l'expression neutre des avocats, écouta la voix impersonnelle de l'officier d'état civil, la pièce vide de demoiselles d'honneur, de fleurs, de musique, de parents et d'amis souriants.

Non, il ne s'agissait pas d'un événement heureux, se rappela-t-elle. Juste une transaction d'affaires. Brusquement, elle songea aux rêves qu'elle avait entretenus enfant et sentit une douleur atroce lui transpercer la poitrine. Au lieu de les réaliser, elle était tombée si bas qu'elle venait d'y renoncer pour de l'argent.

Mais le temps n'était plus aux regrets. Il était trop tard. Vingt-huit ans de vie, marqués par l'indignité de Chantelle et une dette de cinquante mille livres, avaient passé depuis.

Angel baissa les yeux sur leurs deux mains jointes, comme celles d'un vrai couple.

Si tu ne reprends pas tes esprits maintenant, Angel, tu vas te retrouver coincée, avait dit Rafe.

Saisie par un vertige, elle contempla l'anneau d'or qu'il venait de glisser à son doigt et sentit le piège se refermer sur d'elle, excluant toute possibilité d'amour, emportant tous ses rêves d'autrefois dans le néant.

Mais tu seras en sécurité, se répéta-t-elle, comme un mantra. Elle serait libre. Et il y avait mieux que l'amour et les émotions : des valeurs plus concrètes, plus *réalistes*.

Angel regarda Rafe dans les yeux. *Son mari*, songea-t-elle avec un mélange d'humour, de dérision et d'anxiété.

De son côté, il ne semblait pas ému le moins du monde. Il tenait ses deux mains avec calme, alors qu'Angel avait l'impression qu'un véritable séisme bouleversait tout son être. Il la regardait sans ciller, son beau visage abîmé dénué de toute expression.

— Vous pouvez embrasser la mariée.

Angel tressaillit et lorsqu'elle voulut sourire à Rafe, elle eut soudain du mal à détendre ses lèvres. Beaucoup de mal. Mais lorsqu'elle y parvint, Rafe ne répondit pas à son sourire. Le regard dur, inflexible, il leva la main et la referma sur sa nuque, puis pencha son visage vers le sien.

Elle s'était attendue à un baiser semblable au premier, bref et incandescent, mais celui-ci fut tout autre. La bouche impérieuse de Rafe réclamait, la forçait à s'ouvrir à lui, à se *soumettre* à lui, à se jeter dans le brasier qui les consumait tous deux.

Confusément, Angel songea qu'elle aurait dû résister, essayer de se protéger de ce qui brûlait entre eux, en eux, mais elle n'avait plus aucun pouvoir sur ce qui se passait. Lorsque Rafe écarta son visage du sien, il laissa sa main chaude sur sa nuque. Elle *aimait* cette sensation, reconnut Angel avec un violent frisson.

Mais la lueur qui illuminait ses yeux gris ne laissait aucun doute : elle trahissait une satisfaction purement mâle. Angel la sentit couler en elle comme un courant tiède, faisant se dresser ses seins et fondre son corps dans sa partie la plus intime. Lorsqu'un halètement lui échappa, elle vit la bouche de son mari frémir tandis qu'un éclair flamboyait au fond de son regard.

Angel profita du moment où ils signaient le registre pour se ressaisir. Pourquoi Rafe la fascinait-il autant ? En tout cas, une chose était sûre : tous les documents qu'elle avait signés ne prévoyaient, ni n'autorisaient, ce genre de divagation.

Elle avait épousé cet homme pour son argent. Il s'agissait d'une décision lucide, pratique. Le désir en était exclu. Que lui arriverait-il si elle y succombait ? Comment Rafe la regarderait-il si elle lui avouait qu'elle le *désirait* ?

La réponse était simple : il la regarderait toujours de la même façon, comme un bien acquis. Acheté.

A présent, son visage avait repris son expression habituelle, sa bouche était redevenue dure. Il la contemplait exactement de la même façon que lorsqu'elle s'était approchée de lui, à Santina.

Il *attendait*, comprit soudain Angel. Oui, il attendait qu'elle le rejette sans pitié. Qu'elle lui prouve une fois de plus qu'il était le monstre qu'il croyait être.

Une émotion étrange se déploya dans sa poitrine. Lorsqu'il

lui avait dit qu'elle se retrouverait *coincée*, Rafe pensait qu'elle finirait par se rendre compte qu'elle avait épousé une créature monstrueuse, malfaisante, comprit-elle. Et qu'elle redoutait cet instant, alors qu'en réalité, les craintes se résumaient pour Angel à des questions matérielles. Du moins, au départ…

Soudain, elle ne put supporter la perspective d'ajouter de nouvelles souffrances à celles qu'endurait déjà Rafe. Il ne s'agissait que de cicatrices, et pourtant, il avait été traité cruellement à cause d'elles. En outre, il semblait les considérer comme une fatalité, un châtiment mérité qu'il supportait avec une fierté farouche.

Lorsque Angel sourit de nouveau, ses lèvres lui obéirent cette fois sans difficulté. Et quand elle prit la main de Rafe, elle ignora le regard sombre qu'il dardait sur elle, ainsi que la vague de panique qui menaçait de la submerger. Ce mariage ne ressemblait en rien à ses rêves d'autrefois mais, par son geste, elle scellait son union avec son époux. De son plein gré, elle acceptait le piège.

Elle contempla leurs deux signatures, puis releva les yeux et regarda Rafe en sentant une étrange joie l'envahir.

— Ça y est ! s'exclama-t-elle en éclatant de rire. Je suis comtesse !

5.

— Tes affaires ont été emballées et déménagées comme prévu.

Lorsque Rafe s'y trouvait aussi, le luxueux intérieur de la limousine semblait nettement moins spacieux… Même sans bouger, il occupait tout l'espace.

Lorsqu'il se tourna vers elle, Angel sentit son regard la fouiller, la brûler. Aussitôt, son cœur se mit à battre la chamade et son souffle se bloqua dans sa gorge.

La vérité qu'elle refusait de regarder en face semblait se diffuser en elle, envahissant les moindres cellules de son corps, menaçant d'exploser.

— Très bien, approuva-t-elle en se forçant à sourire d'un air détaché.

Elle appuya sa nuque au cuir souple, puis tourna la tête vers Rafe. Il était si calme… A le voir, rien d'irrévocable ne venait de se produire alors qu'Angel se sentait profondément ébranlée. Après tout, elle venait de se *marier*, et elle n'était pas une machine.

Soudain, elle regretta que les circonstances ne soient pas différentes. Si elle s'était mariée par amour, qu'aurait-elle ressenti au réveil, après sa nuit de noces ?

Tous ces événements l'avaient déboussolée, décida Angel. L'importance de sa décision lui était montée à la tête. Sans parler de cette cérémonie officielle, si sérieuse, au cours de laquelle elle avait prononcé des paroles solennelles l'engageant avec un homme qu'elle connaissait à peine…

Après avoir franchi un pas aussi extraordinaire, comment ne se serait-elle pas sentie *bouleversée* ?

— C'est la première fois que je déménage sans devoir passer la nuit à terminer mes cartons, dit-elle d'un ton léger.

Car il fallait dissiper à tout prix la tension qui s'épaississait entre eux.

— Quand on a de l'argent, cela facilite *beaucoup* de choses, reprit-elle.

— Oui, parfois, répliqua-t-il de sa voix de basse. Et puis, c'est lui qui t'a conduite vers moi.

— Mon Dieu ! s'exclama-t-elle en retrouvant son ton insouciant et provocateur. La cérémonie vous aurait-elle tourné la tête, lord Pembroke ? Pensez-vous maintenant qu'il s'agit d'un *mariage romantique* ?

Elle avait pris un malin plaisir à lui retourner ses propres paroles et elle se réjouit de voir une lueur approbatrice passer dans les yeux de son mari, mêlée à une appréciation purement virile. Angel sentit son cœur battre follement. Mais Rafe s'était déjà détourné et sortait son mobile qui vibrait dans sa poche.

Angel se convainquit qu'elle était soulagée. Car elle ne voulait pas de ce tourbillon de sensations sur lesquelles elle ne pouvait même pas mettre de nom. Elles lui paraissaient trop intenses, trop étrangères. Et bien trop dangereuses.

Menteuse. Ce qui était dangereux, c'était la façon dont elle réagissait à la proximité de Rafe. Ce qui était impossible, c'était ce désir insensé de se fondre en lui, de disparaître. Ce mariage *n'était pas* romantique. Il n'y aurait pas de fin heureuse au conte qu'elle s'était inventé. S'ils avaient de la chance, ils réussiraient à bien gérer cette union, à vivre en harmonie l'un avec l'autre. Peut-être même à devenir des amis. Mais rien de plus.

Angel se tourna vers la vitre pendant que Rafe continuait de s'entretenir avec son interlocuteur invisible, usant de mots brefs et précis. Tout irait bien, se dit-elle en contemplant les rues de Londres qui défilaient devant ses yeux.

Soudain, elle se rappela les paroles de Rafe : il n'était

ni moderne, ni à la mode, ni ouvert d'esprit. Un frisson la parcourut, avant qu'elle ne se ressaisisse aussitôt.

Qu'est-ce que cela pouvait faire ? Il était un homme important, et très occupé, à en juger par sa conversation actuelle. Bientôt, elle le serait aussi car elle comptait faire bon usage de la généreuse pension qui allait alimenter chaque mois son compte en banque. Plus de petits boulots à chercher, ni d'inquiétude à se faire à propos du loyer. Cette vie-là était révolue.

Désormais, elle faisait partie de la jet-set, la vraie ! Elle pouvait même envisager de fréquenter les bals de charité, par exemple, vêtue de robes fabuleuses et arborant des bijoux au prix exorbitant, accordant des entretiens à la presse à propos des actions caritatives qu'elle soutiendrait. A présent, elle pouvait *choisir* son existence. Ou, plus exactement, elle pouvait l'*acheter*.

Quant à son mari, elle ne ferait sans doute que le croiser. Leurs rencontres seraient rares car les mariages comme le leur fonctionnaient ainsi.

Angel croisa les mains sur ses genoux et se rappela qu'elle portait maintenant une bague et une alliance. Elle baissa les yeux et les regarda vraiment, pour la première fois.

L'anneau était d'une élégante sobriété, comme tout ce qu'elle avait vu de Rafe pour l'instant : ses costumes, sa voiture, et sa demeure somptueuse. Mais la bague était stupéfiante, et prouvait en outre le bon goût de son mari. Rafe était trop bien pour une femme comme elle, Angel le savait déjà, mais ce constat produisit soudain un effet désagréable en elle. Refoulant cette sensation, elle se concentra sur l'énorme saphir bleu foncé, taillé en carré, serti entre deux rangées de diamants, le tout monté sur un anneau de platine. Dès qu'elle bougeait la main, le saphir luisait doucement, et cet éclat à la fois doux et sombre lui évoqua les sensations que Rafe faisait naître en elle, avec une facilité déconcertante.

— Elle te va bien, dit Rafe.

— Oui, murmura-t-elle, incapable de le regarder.

— Elle a appartenu à ma grand-mère. Je suis heureux qu'elle soit de nouveau portée.

Dans sa voix, il y avait eu une inflexion presque émue. Angel resta silencieuse, ne sachant comment y répondre.

— As-tu aussi la bague de ta mère ? demanda-t-elle enfin.

Elle n'avait pas pensé que sa question puisse être brutale, ou indiscrète ; elle l'avait simplement posée pour entretenir la conversation. Mais lorsque le silence s'installa dans la limousine et qu'Angel se tourna vers Rafe, elle vit que son visage était figé, et terriblement sombre.

— Excuse-moi…

— Tu n'as pas à t'excuser, dit-il avec un calme presque surnaturel. Ma mère a donné sa bague à mon frère aîné. Ils partageaient les mêmes goûts, alors que ma sensibilité a toujours été plus proche de celle de ma grand-mère, du côté paternel.

Angel eut l'impression qu'il choisissait ses mots avec précaution.

— Ils *partageaient* ? releva-t-elle après quelques instants.

Elle avait hésité à poser la question car, comme au bureau d'état civil, elle ressentait le besoin de ne pas causer de souffrance supplémentaire à Rafe. Même avec une question en apparence innocente.

— Ils sont morts tous les deux, il y a un certain temps, répondit Rafe d'un ton détaché.

L'émotion qu'elle avait cru percevoir un peu plus tôt avait complètement disparu. Après avoir légèrement bougé pour mieux lui faire face, il la regarda d'un air peu encourageant.

— Est-ce vraiment le moment de parler du passé, Angel ? poursuivit-il. Nous sommes mariés, à présent. Et puis, il vaut peut-être mieux le laisser en paix.

Une sorte de menace flotta dans l'atmosphère. A moins qu'il ne s'agisse d'un simple avertissement ?

— Je tiens toutefois à ce que tu me parles de tes ex-maîtresses, répliqua-t-elle d'un ton faussement désinvolte. Toutes ! Et je veux tout savoir ! On ne sait jamais, si nous en croisons une un jour…

— Je suis surpris que tu puisses penser que nous ayons jamais l'opportunité de croiser de telles personnes, l'interrompit-il en la fixant dans les yeux. Je ne sais pas si je dois prendre cela pour un compliment ou une insulte.

— Et toi, tu ne t'intéresses pas à mes anciens amants ? répliqua Angel d'un air faussement vexé.

Il haussa son sourcil gauche.

— Mon intérêt envers tes anciens amants se limite aux résultats de tes examens médicaux. S'il y avait eu le moindre doute, nous aurions entretenu une tout autre discussion.

Et dans un tout autre contexte, songea Angel en soutenant son regard, elle aurait pu être tentée de le mépriser pour cette remarque. Mais Rafe était réaliste, c'est tout.

— Je vois, dit-elle avec un geste désinvolte de la main. Mais je ne sais pas si je pourrais supporter une absence totale de jalousie, Rafe. Il m'en faut un tout petit peu. C'est la moindre des politesses, non ?

Il la contempla longtemps en silence, jusqu'à ce qu'Angel sente son sourire vaciller. Puis il tendit la main, lentement, et effleura sa joue, faisant naître une spirale brûlante en elle.

— Tu te donnes tant de mal pour me provoquer, murmura-t-il. Et si je mordais à l'hameçon, Angel ?

A son grand dépit, elle eut du mal à rester imperturbable. D'autant que ses doigts effleuraient maintenant ses lèvres, avec une lenteur et une douceur à peine supportables.

— Eh bien, je me demanderais pourquoi tu cèdes aussi facilement à la provocation, répliqua-t-elle d'une voix mal assurée.

Son regard sombre pénétrait en elle, au plus intime, la faisant fondre. Elle *sentait* Rafe, comme s'ils étaient déjà nus et qu'il venait en elle. Que son corps puissant bougeait sur le sien, l'entraînant dans la jouissance…

— Tu aurais raison, dit-il en laissant retomber sa main. Quant à la politesse, j'en ferai preuve en considérant, à l'instar de tout gentleman, que tu n'as jamais été touchée par un homme.

A présent, une lueur moqueuse éclairait ses yeux gris.

— Ah... les gentlemen et leurs vierges ! soupira Angel.

Elle avait pris un ton blasé, comme si elle parlait de ce genre de sujet tous les jours.

— Et vous avez de tels fantasmes, vous, les hommes..., poursuivit-elle.

— Il s'agit moins de fantasmes que d'ego fragile, répliqua Rafe. Je crois que l'histoire du monde te paraîtra plus facile à comprendre une fois que tu la considéreras à travers le prisme de l'insécurité masculine.

— Je pourrais dire la même chose de mon histoire personnelle, approuva Angel.

— Tu t'es mariée vierge, lui rappela-t-il d'une voix soyeuse. Par conséquent, tu n'as pas d'histoire personnelle.

Angel sentit sa bouche frémir et détourna les yeux en refoulant une envie de rire subite, et totalement déplacée. Mais soudain, alors qu'elle regardait par la vitre depuis quelques instants, elle cligna des yeux avec stupeur : les rues de Londres avaient fait place à une autoroute, et ils roulaient dans la direction opposée au quartier chic où résidait Rafe.

— Pourquoi avons-nous pris l'autoroute ? demanda-t-elle en se retournant brusquement vers lui.

Le visage fermé, la bouche de nouveau sévère, il la contempla sans répondre tandis qu'Angel sentait un frisson glacé lui parcourir le dos.

— Ma demeure londonienne n'est pas ma résidence principale, dit-il d'une voix neutre. Je passe la majorité de mon temps à *Pembroke Manor*. Nous nous dirigeons vers Heathrow et, dans quelques instants, nous nous envolerons pour l'Ecosse.

— *Pembroke Manor* ? L'Ecosse ? répéta Angel.

Confusément, elle se rappela le jour où l'un de ses avocats avait mentionné la *propriété écossaise* de Rafe. Fatiguée, elle n'avait pas prêté grande attention aux explications de l'avocat. Avait-il précisé où était située ladite propriété ? L'Ecosse était vaste, comme elle l'avait constaté au cours d'un voyage à Aberdeen avec des copains, alors qu'elle était adolescente.

Là-haut, tout en haut de la carte de la Grande-Bretagne, songea-t-elle en réprimant un nouveau frisson. Ces étendues sauvages et désertes parsemées de lochs mystérieux, ces gens à l'accent incompréhensible, ces ruines abandonnées… Mais, Dieu merci, il y avait aussi la belle ville d'Edimbourg, si élégante, et la vie animée de la vibrante Glasgow. Aucune de ces deux cités ne pouvaient rivaliser avec Londres, bien sûr, mais Angel s'en contenterait. Il le faudrait bien.

— Nous allons en Ecosse ? insista-t-elle.

Après tout, elle avait peut-être mal compris.

— Oui, dans les Highlands.

Ses rêves d'une vie citadine décente sombrèrent d'un coup dans le néant. Ainsi que tout espoir de fréquenter des boutiques dignes de son nouveau compte en banque. Quant à d'éventuels divertissements, mis à part le son horripilant des cornemuses, et ces types en kilt…

— C'est très beau, là-bas, ajouta-t-il.

Angel fut assaillie par une vision de flancs de montagnes arides, de lochs perdus au milieu de nulle part, de champs de bruyère s'étendant à l'infini…

— Et loin de tout — *terriblement* loin, répliqua-t-elle. Cette région est connue pour cela.

Il se contenta de la regarder en haussant son sourcil gauche. Il l'avait fait exprès, comprit soudain Angel. Il avait attendu d'être sur l'autoroute pour le lui dire. C'était très mauvais signe. Pour elle et son avenir. Pour sa vie. Cette prise de conscience fut si violente qu'elle sentit une vague de nausée lui monter aux lèvres.

— Rafe, dit-elle d'une voix étouffée, je ne peux pas vivre dans les Highlands ! C'est *absolument* impossible !

— *Pembroke Manor* est le berceau de mes ancêtres, répliqua-t-il doucement. C'est ma maison.

— Tu dois être fou ! s'exclama-t-elle en laissant échapper un rire bref.

Elle essaya de s'imaginer les joues rougies par le grand air, en train de traire une vache ou de tondre un mouton, ou de se livrer au type d'occupation absurde à laquelle on était condamné lorsqu'on mourait d'ennui au fin fond de la campagne.

Jamais Angel ne pourrait supporter ce genre d'existence.

— Je ne suis pas du tout faite pour la vie rustique, reprit-elle précipitamment. J'ai toujours vécu en ville, et je n'ai pas l'intention de changer maintenant, surtout que tu as une maison superbe à Londres qui ne sert à rien !

— Malheureusement, répliqua-t-il d'un ton sans appel, ce n'est pas négociable.

Angel eut l'impression qu'il l'avait giflée et se sentit blêmir à la pensée de ce qui l'attendait. De la *réalité*.

— Tu as signé des documents dans lesquels tu acceptais de vivre là où je vis, continua Rafe. Jusqu'à ce que les enfants que nous aurons engendrés soient en âge d'être scolarisés. De mon côté, je t'ai promis que je ne te presserais pas en ce qui concerne la part physique de notre arrangement, et je tiendrai ma promesse.

Ces paroles lui firent l'effet d'une deuxième gifle. Rafe s'exprimait d'une voix si froide, si calme, alors qu'elle-même se sentait sur le point de craquer lamentablement.

— Par la suite, je ne vois pas d'inconvénients à ce que nous vivions séparés si c'est ce que tu souhaites, poursuivit-il. Mais pas avant que la question des héritiers ne soit réglée. Et je suis désolé que la perspective de vivre à *Pembroke Manor* te déplaise, mais c'est néanmoins là que nous résiderons, excepté quelques rares voyages à Glasgow, et d'autres à Londres, mais ce sera exceptionnel.

Une multitude de pensées tournoyèrent dans l'esprit d'Angel tandis que les larmes se pressaient sous ses paupières. Elle serra ses mains l'une contre l'autre, de crainte que celles-ci ne se mettent à trembler. Avant qu'elle ne perde tout contrôle d'elle-même.

Mais tout cela n'était rien, comparé à l'ouragan qui faisait rage en elle. Comment avait-elle pu oublier la véritable nature de leur relation ? Comment avait-elle pu songer à *protéger* Rafe, à lui épargner de la souffrance, alors que lui ne se souciait même pas de son confort à elle ? Mais pourquoi l'aurait-il fait ? Il ne s'agissait que d'un arrangement froid et calculé, et non d'un mariage d'amour. Même pas une association *amicale*, puisqu'ils se connaissaient à peine.

Comment avait-elle pu perdre cela de vue un seul instant ?

Pauvre imbécile ! se moqua Angel en sentant dans sa gorge un affreux goût d'amertume. *A quoi t'étais-tu donc attendue ?*

— Et si je ne peux pas m'habituer à cette vie ? demanda-t-elle d'une voix qu'elle reconnut à peine.

— Tu peux t'en aller quand tu le voudras, répondit Rafe sans se départir de son calme. Mais je me dois de te rappeler que, dans ce cas, tu partirais avec pour tout bagage ce que tu as apporté dans ce mariage. Ta dette resterait intacte, toutefois au lieu de devoir cinquante mille livres — sans compter les intérêts — à une banque, c'est à moi que tu les devrais. Si ta décision est déjà prise, tu n'as qu'à le dire tout de suite et nous mettrons un terme à cet arrangement dès maintenant.

C'est en effet ce qu'Angel désirait, mais elle resta silencieuse. Avait-elle le choix ?

Après avoir haussé les épaules d'un air nonchalant, Rafe sortit son mobile de sa poche et commença à parcourir ses messages. Sans plus s'occuper d'elle.

Il la laissait aux prises avec son combat intérieur, tandis qu'elle serrait les dents pour retenir ces fichues larmes qui lui picotaient les paupières. Pour s'empêcher de sauter de la voiture en marche afin d'apaiser la panique atroce qui lui étreignait de plus en plus douloureusement la poitrine.

Angel se força à rester droite sur son siège, comprenant — trop tard, comme d'habitude — à quoi elle s'était engagée.

Rafe s'arrêta au bord du chemin et contempla le manoir dont la forme sombre se dressait entre les bois épais et le loch séparant ses terres des montagnes. A minuit passé, tout était plongé dans l'obscurité, aussi ne pouvait-il que sentir la présence de leur masse imposante s'élevant au-dessus de lui. Tout était si paisible… Seul le vent léger bruissant dans les arbres troublait le silence.

Il aimait ce pays. Presque avec désespoir. Cet amour était pour lui une réalité, une vérité organique, aussi indispensable à sa vie que l'air qu'il respirait et la terre sur laquelle il marchait. Il se rappelait avec précision son enfance dans ces bois du domaine de Pembroke qui s'étendait à perte de vue, jusqu'au parc national. Il avait passé de longues heures à l'arpenter avec son père bien-aimé, durant les années heureuses ayant précédé la mort de celui-ci. En hiver, ils écoutaient craquer la neige immaculée sous leurs pas en silence, ou s'arrêtaient pour admirer un buisson d'ajoncs jaune d'or, au printemps.

Ces jours-là avaient été les plus heureux de la vie de Rafe. Autrefois. Avant d'apprendre la vérité concernant le reste de sa famille. De perdre ensuite tout ce qui avait compté pour lui et d'accepter la terrible vérité sur lui-même.

Lentement, il promena son regard sur les bois sombres qui l'entouraient, puis sur le ciel parsemé d'étoiles en contrebas, au-dessus du manoir. Immobile, Rafe contempla la seule fenêtre encore éclairée, celle de la chambre de la comtesse, jadis occupée par sa mère, et par toutes les comtesses de Pembroke avant elle. Que faisait Angel, sa rétive épouse, dans cette pièce qu'il évitait depuis des années — depuis la mort de sa mère ?

Il se demanda si Angel lui pardonnerait jamais de l'avoir attirée, elle si urbaine, si sophistiquée, dans cet endroit reculé. Pour elle, *Pembroke Manor* ne devait être qu'un trou paumé. Mais pourquoi s'inquiétait-il de cela ? Il ne l'avait pas épousée pour lui faire plaisir. Au contraire, il l'avait épousée pour *se* faire plaisir.

Repoussant ses sombres pensées, Rafe se concentra sur l'aile orientale du manoir, ou du moins ce qu'il en restait.

— Comme c'est amusant ! s'était exclamée Angel en arrivant.

Elle était descendue de voiture avant de rester sur place en plissant les yeux, apparemment indifférente à l'air vif des Highlands.

— Tu avais omis de mentionner que, lorsque tu parlais de ton manoir, tu voulais dire une *partie* d'un manoir, avait-elle poursuivi. A l'avenir, tu devrais peut-être préciser ce petit détail à tes futures épouses, avant de leur faire découvrir l'imposante ruine censée devenir leur demeure…

— Je suis content de voir que tu as retrouvé ton humour et ta langue acérée, avait-il répliqué sur le même ton.

— J'espère au moins que le toit tient, avait-elle riposté, les yeux étincelants. Je n'ai pas pris mes outils de menuiserie.

Pour lui, le manoir n'était pas une ruine, songea Rafe en repensant aux paroles d'Angel. Il n'en serait jamais une tant que la dernière pierre ne serait pas réduite en poussière. Toutefois, il comprenait son point de vue.

Les échafaudages qui venaient d'être dressés ne dissimulaient pas le fait qu'une aile entière du manoir n'était plus qu'une carcasse calcinée. Plusieurs siècles s'étaient envolés en fumée en un soir. Ainsi que des œuvres d'art d'une valeur inestimable, pour ne pas parler des meilleurs souvenirs de Rafe. Ceux des moments où il lisait dans le bureau de son père, allongé sur l'épais tapis devant la cheminée, tandis que le comte de Pembroke travaillait devant le grand bureau qui dominait le fond de la pièce. Tout cela avait été réduit en cendres, puis emporté par le vent.

Il le reconstruirait, se promit Rafe une nouvelle fois. Il rendrait son intégrité à la vieille bâtisse.

Mais les travaux ne répareraient pas *tous* les dégâts. Ils ne restitueraient pas son humanité à Rafe. Il ne pouvait même pas pleurer la mort causée par cet incendie, la perte qui aurait dû être la plus terrible : celle de son frère, Oliver.

Peut-être était-il un monstre encore plus immonde qu'il

ne l'imaginait, se dit Rafe. Il regardait les restes noircis du manoir et ne ressentait… rien. Oliver avait été ivre, et négligeant, comme toujours. Les enquêteurs avaient été formels : son frère n'avait pas souffert ; il avait été totalement inconscient lorsque l'aile avait brûlé autour de lui, avant de l'ensevelir sous ses décombres — laissant Rafe seul maître de ce qu'il restait du manoir.

Il s'agissait là d'une petite clémence du sort, probablement. Mais une chose était sûre : Rafe restait incapable de pleurer la vie perdue de son frère comme il l'aurait dû.

Peut-être parce qu'il avait perdu Oliver bien auparavant. Il avait assisté à son déclin progressif, à son comportement de plus en plus instable. Son frère avait sombré dans la déchéance comme leur mère avait sombré dans la boisson, avant de connaître une fin tout aussi dramatique et brutale : un infarctus dû à une consommation excessive d'alcool. A ce stade, sa mort avait été une sorte de bénédiction.

Comment Rafe aurait-il pu pleurer la disparition de ces deux êtres alors qu'il avait, en vain, multiplié ses efforts pour arrêter ce processus désastreux ? Et que, de toute façon, il avait toujours été ignoré, ou moqué par eux, notamment à cause de ses souffrances.

Repoussant ces mauvais souvenirs, il enfonça les mains dans les poches de son épais manteau et se remit à marcher, mais cette fois en direction du manoir. Les sens à vif, Rafe écouta ses pas résonner lourdement dans le silence de la nuit, tandis que son souffle formait des petits nuages blancs devant son visage.

Lorsqu'il s'approcha de la demeure plongée dans l'obscurité, il leva de nouveau les yeux vers l'unique fenêtre éclairée.

Moins de vingt-quatre heures plus tôt, Angel l'avait épousé, puis dans la voiture, lorsqu'il avait anéanti ses rêves de vie londonienne, elle l'avait regardé comme le monstre qu'il était.

Un peu plus tard, dans le jet privé qui les emportait vers le nord, elle avait laissé tomber d'un ton lugubre :

— A la campagne, je deviendrai folle.

Assise sur son siège, le corps raide, elle semblait concentrer toute sa volonté pour réprimer sa fureur.

— Tu as dit que tu avais passé toute ta vie en ville, avait-il répliqué sans lever les yeux de son journal. Les charmes de la campagne pourraient te surprendre agréablement.

— Je ne parle pas de façon abstraite. Je ne crains pas de m'ennuyer ou de sombrer dans la mauvaise humeur. Je veux dire que tous ces paysages désolés, avec pour seule population des troupeaux de moutons, me feront vraiment perdre la tête. Je m'enfoncerai peu à peu dans la folie.

Si cela arrivait réellement, avait pensé Rafe, il n'aurait qu'à s'en blâmer.

— Au manoir, il y a d'immenses greniers, avait-il dit calmement. Aussi n'as-tu pas à t'inquiéter : tu auras tout l'espace que tu voudras pour te laisser aller à d'éventuelles crises de nerfs.

Pendant un très long moment, elle était restée silencieuse et, quand elle avait repris la parole d'un ton détaché, il avait de nouveau admiré sa force de caractère.

— C'est vraiment fantastique ! s'était-elle exclamée. Tu as pensé à tout.

Immobile à une dizaine de mètres du manoir, Rafe fixa le rectangle lumineux en serrant les poings dans ses poches.

Il désirait Angel, comme un fou. Et il devrait sans doute payer pour cela aussi. Très cher…

6.

A sa grande surprise, il la trouva dans la bibliothèque. Depuis son arrivée à *Pembroke Manor*, son épouse avait semblé se transformer en fantôme. Or il y en avait déjà trop dans la vieille demeure au goût de Rafe.

Immense, la bibliothèque restait fréquentable durant les longs hivers grâce à ses deux larges cheminées, une à chaque extrémité de la pièce, et grâce aux rayonnages de livres couvrant les murs, qui semblaient dégager une chaleur mystérieuse. Autrefois, Rafe avait passé là de longues heures, absorbé dans la lecture d'histoires se déroulant dans des contrées inconnues, loin de *Pembroke Manor* et de ce qui restait de sa famille après la mort de son père, survenue alors qu'il n'avait que dix ans.

Assise près du feu dans le vieux fauteuil en cuir préféré de Rafe, les jambes repliées sous elle, elle était complètement concentrée sur le livre qu'elle tenait entre ses mains et ne l'entendit pas entrer. Quand il aperçut la pile biscornue de volumes se dressant à ses pieds, et deux autres posés en équilibre précaire sur le bras du fauteuil, Rafe se sentit submergé par une sensation qu'il ne parvint pas à identifier. On aurait dit qu'Angel était restée là depuis le premier jour de son arrivée en Ecosse, deux semaines plus tôt. Car, ensuite, il ne l'avait quasiment pas vue.

Mais c'était l'expression de son visage qui le fascinait le plus. Soudain, Rafe eut l'impression de ne l'avoir jamais vraiment regardée. Elle semblait… envoûtée, et non pas sur ses gardes comme d'habitude. Elle paraissait abîmée dans une sorte d'émerveillement, songea-t-il en l'observant avec attention. Soudain, il sentit quelque chose frémir au plus profond de lui-même, comme si une part endormie se réveillait à la vie.

Mais dès qu'elle leva les yeux, l'Angel qu'il connaissait refit surface, avec son sourire facile, et ses yeux intelligents qui le jaugeaient.

Après avoir refermé son livre sur son index, elle laissa pendre son bras sur le côté du fauteuil. Puis, sans ciller, elle soutint le regard de Rafe.

— Ainsi, c'est ici que tu avais élu domicile, depuis deux semaines ? dit-il, pas aussi posément qu'il l'aurait souhaité.

— Cela fait aussi longtemps ? répliqua-t-elle d'un ton un peu sec. Eh bien, tu devais avoir raison : les plaisirs de la campagne sont si captivants que je n'ai pas senti le temps passer.

— Tu étais introuvable. Te cacherais-tu, Angel ?

— Pas du tout, répondit-elle en haussant les sourcils. De quoi pourrais-je souhaiter me cacher ?

Rafe s'avança dans la pièce et remarqua avec plaisir qu'elle suivait ses mouvements, comme si elle ne pouvait s'en empêcher. Il prit encore plus de plaisir à la voir se redresser légèrement tandis que ses yeux bleus s'assombrissaient.

Il s'arrêta devant son fauteuil, puis se pencha pour prendre le livre posé sur le dessus de la pile : une sélection de poèmes de l'époque élisabéthaine. Déconcerté, il le reposa.

— J'ignorais que tu étais une lectrice aussi avertie.

La bibliothèque était certes le dernier endroit où Rafe avait compté la trouver lorsqu'il s'était décidé à partir à sa recherche, dans la vieille demeure pleine de coins et de recoins. Sa présence dans ce lieu lui semblait incongrue, sans qu'il sache pourquoi. Angel lui paraissait trop innocente. Il avait l'impression de l'avoir surprise en train de se livrer à une occupation illicite.

— J'essaie de découvrir ta vraie personnalité en lisant ce que tu lis, répliqua-t-elle d'un ton enjoué.

Elle posa le recueil de poèmes sur ses genoux et désigna le mur le plus proche, dont les rayonnages comportaient des volumes de format et de taille divers, rédigés en au moins six langues différentes.

Rafe s'était promis de les lire tous, un jour. D'après son estimation, il était presque à mi-parcours.

— Tu espères me connaître à travers mes livres ?

Il laissa errer son regard sur les rayonnages familiers, reconnaissant les dos des livres qu'il avait lus, et ceux qu'il lui restait à découvrir.

— Oui. Je compte percer tes secrets entre leurs pages.

Rafe sentit sa libido se manifester de façon sans équivoque, si violemment qu'il enfonça les poings dans ses poches pour résister au désir d'enfouir les doigts dans ses cheveux indisciplinés, de caresser son visage, de laisser ses mains errer sur ses courbes ravissantes.

Soudain, il eut la redoutable impression que s'il s'engageait dans cette voie, il ne pourrait plus s'arrêter. Peut-être plus jamais.

— Cette bibliothèque était la passion de mon grand-père, dit-il.

Il regarda de nouveau les rayonnages, où des livres de poche défraîchis côtoyaient des éditions rares de classiques célèbres, depuis longtemps épuisées.

— Pour lui, l'essentiel n'était pas de posséder les livres, mais de les lire. A son époque, c'était un point de vue assez révolutionnaire, poursuivit-il en se tournant vers Angel. En tout cas, si tu découvres des secrets dans ces livres, ce sera plutôt les siens.

— J'aime lire, c'est tout, confessa-t-elle alors d'une voix étrange. Tout, n'importe quoi. J'ai toujours été comme ça.

Puis elle déplia son corps souple et se leva du fauteuil, avant de se hausser sur la pointe des pieds et de s'étirer d'une façon qui produisit un violent effet sur l'anatomie de Rafe, dans un endroit très précis.

Apparemment, Angel avait décidé de le mettre à l'épreuve… En effet, elle levait maintenant les bras au-dessus de sa tête, faisant saillir ses seins tandis qu'elle creusait les reins. Elle était habillée comme lui, en jean et pull. En ce début de printemps, il faisait très frais dans le vieux manoir mal isolé, mais le pull qu'elle avait choisi semblait caresser les courbes délicieuses que Rafe brûlait de toucher, de goûter…

Elle le torturait, sans même le faire exprès. Or Rafe connaissait les périls inhérents au désir. Surtout un tel désir, pour une femme qui ne l'avait pas épousé pour les plaisirs de la chair. Pourquoi ne pouvait-il s'en souvenir ? Pourquoi avait-il passé deux semaines à lutter contre le besoin dévorant de la posséder ? A se laisser aller à l'illusion absurde qu'ensuite, elle lui appartiendrait, pour toujours ? Ce genre de folie lui était *interdit*, Rafe ne pouvait se permettre de l'oublier.

Cette femme, son épouse, il l'avait *achetée*, se rappela-t-il avec impatience. Il avait payé pour qu'elle partage son lit. Mais au lieu d'être déprimé par ce constat, il s'en fichait. La seule chose qui lui importait, c'était de savoir *quand* elle viendrait dans son lit.

Il avait sans doute perdu la raison, lui aussi.

— Et si tout cela avait brûlé avec le reste ? demanda Angel en pivotant sur elle-même.

Au milieu de l'espace trônait une imposante mappemonde, qu'il fallait manipuler à deux mains pour contempler les contours d'un univers qui n'existait plus, emporté dans les ravages du temps et de l'histoire. Des nations avaient disparu, d'autres étaient nées ou avaient été reconquises. Ce beau globe n'était plus qu'une relique, le vestige d'un temps enfui. Comme son actuel propriétaire.

— Je n'arrive pas à imaginer que tous ces livres auraient pu être perdus, poursuivit-elle. Je n'en possède que quelques-uns, mais pour moi, ils représentent un véritable trésor.

— Par chance, cette pièce n'avait jamais beaucoup attiré mon frère.

C'était un euphémisme, et c'était aussi pour cela que la bibliothèque avait toujours servi de refuge à Rafe. Peut-être était-ce également la raison pour laquelle il se sentait déconcerté par la présence d'Angel.

— C'est lui qui a mis le feu à l'aile orientale du manoir, continua-t-il d'une voix sombre. Si son geste avait été délibéré, Oliver aurait très bien pu se servir des livres pour alimenter le feu. Mais c'était un accident.

— Je suis désolée, dit-elle après un long silence.

— Ce n'est pas la peine, soupira Rafe. Oliver était un être particulièrement déplaisant, dès son plus jeune âge. Il ne lui suffisait pas d'être l'héritier, il voulait être le fils unique. Il est allé très loin pour réparer la grande injustice que représentait à ses yeux ma naissance.

Rafe laissa échapper un son qui ne ressemblait ni de près ni de loin à un rire.

— Et cela se passait alors que mon père était encore vivant, et qu'il contrôlait la situation. Bien avant qu'Oliver ne commence à boire, et devienne vraiment méchant.

Pourquoi lui racontait-il tout cela ? Pourquoi ne pas lui dire la vraie vérité, celle qu'il n'avait acceptée que de longues années plus tard, après la mort de son frère ?

Car il avait bien dû y avoir une raison pour qu'Oliver le maltraite sans pitié, et pour que leur mère l'ait encouragé dans sa conduite. Quelque chose en Rafe avait dû faire ressortir la pire bassesse en eux. Dès son plus jeune âge. Mais cela, il ne pouvait se résoudre à le révéler à Angel.

— Que t'a-t-il fait ? demanda-t-elle en inclinant légèrement la tête sur le côté.

— Pardon ?

— Beaucoup de gens se plaignent d'avoir été maltraités par leurs frères et sœurs, non ? On aime souvent se faire passer pour un martyr. Et c'est parfois vrai, bien sûr. Mais, la plupart du temps, il s'agit d'une bagarre stupide, survenue l'été de leurs onze ans, dont l'enjeu était ridicule :

le dernier biscuit d'un paquet, par exemple. Et ensuite, durant leur vie entière, des gens estiment qu'on leur doit des excuses à cause de cela.

Elle le regarda, s'attendant sans doute à ce qu'il confesse une broutille de cet acabit. A sa grande stupeur, Rafe se vit contraint de réprimer une soudaine envie d'éclater de rire.

— Malheureusement, dit-il avec lenteur, Oliver n'était pas du genre à se battre pour un biscuit. Ç'aurait été trop visible. Il préférait préparer ses sales petits coups en douce, avant de frapper au moment le plus inattendu.

— C'est un peu comme ma mère, alors, répliqua-t-elle.

Une expression étrange traversa son beau visage, durcissant un instant ses traits. C'était de la souffrance, comprit Rafe. Il connaissait si bien cela.

— Elle est tout le temps en train de manigancer quelque chose, poursuivit Angel. Et, finalement, ce n'est jamais ce à quoi on s'attendait. Mais ce qui ne change pas, c'est qu'on en fait les frais. Toujours, d'une façon ou d'une autre.

Un frisson passa entre eux, et Rafe sentit le désir pulser en lui, semblable aux battements de son cœur.

— Ta mère a-t-elle fait brûler toute la maison ?

— D'une certaine manière, oui, répondit-elle d'un ton amer. Mais, hélas, on ne peut pas réparer le genre de dégâts que peut causer ma mère. Ses méfaits défient toute tentative de reconstruction.

— On ne peut rien non plus contre les fantômes de *Pembroke Manor*, répliqua-t-il. Ils attendent leur tour, tapis dans l'ombre.

— Chacun a ses fantômes, tu ne crois pas ? demanda doucement Angel. Nous sommes tous hantés par quelque chose. Cette maison. Toi. Moi.

Il ne voulait pas de sa sagesse, songea soudain Rafe. Ni de sa compréhension. Parler de tout cela était trop douloureux. Et, quelle que soit la nature de l'attirance qui vibrait entre eux, celle-ci l'obsédait, l'empêchant de voir autre chose que la bouche sensuelle d'Angel.

— Que fais-tu ? murmura-t-elle.

Elle esquissa le geste de s'éloigner, puis resta immobile. A présent ils se tenaient face à face, si près l'un de l'autre…

— Tu sais très bien ce que je fais, dit-il d'une voix rauque.

Le désir le lancinait, délicieux et pénible à la fois. Mais il ne la toucha pas. Il avait promis de se montrer patient. Il ne subsistait pas grand-chose de l'homme qu'il aurait dû être, mais il avait encore sa parole. Parfois, Rafe pensait que c'était tout ce qu'il lui restait.

— Rafe…

Sa voix avait été si ténue, à peine un souffle. Elle luttait peut-être contre les mêmes démons, les mêmes désirs que lui, avec tout autant de difficulté.

— Tu te caches dans cette bibliothèque depuis deux semaines, dit-il en s'efforçant de garder son sang-froid. Et je t'ai laissé faire. Je voulais que ton installation à *Pembroke Manor* se fasse en douceur.

Elle le regardait en silence, ses grands yeux bleus emplis de méfiance. Mais il y brillait aussi un éclat brûlant qui attirait inexorablement Rafe. Cependant, ce n'était pas le lieu, ni le moment. Pas encore.

— J'ai très peu d'exigences, Angel, poursuivit-il. Mais j'aimerais que tu dînes avec moi. Crois-tu pouvoir m'accorder cette faveur ?

Angel savait combien il le souhaitait, combien il *la* désirait, Rafe en était certain. Soudain, la situation lui parut intenable et il se demanda qui il haïssait le plus : elle, pour représenter une tentation telle qu'il était prêt à se ridiculiser pour y succomber — ou lui-même, un pauvre type prêt à toutes les folies.

Si jamais un soupçon de pitié, ou même de compréhension, apparaissait dans les yeux d'Angel, il ne pourrait le supporter. Mais il n'y vit ni l'une ni l'autre.

— S'habille-t-on pour le dîner, à *Pembroke Manor* ? demanda-t-elle avec sa décontraction habituelle.

Ainsi, elle feignait de ne pas remarquer le courant

qui passait entre eux, et le désir qui impreignait toute l'atmosphère.

— Fais comme tu veux, répondit-il avec un haussement d'épaules. Ça m'est égal.

Son ton avait peut-être été brutal. Peut-être est-ce pour cela qu'elle sembla se raidir. En tout cas, elle se contenta de hocher la tête, mais Rafe fut persuadé qu'elle dissimulait ses vraies émotions.

— Toutefois, reprit-il, je préférerais que tu ne portes pas ton éternel masque. Laisse-le dans ta chambre, s'il te plaît.

Les paroles de Rafe résonnaient encore dans la tête d'Angel lorsque, plus tard dans la soirée, elle pénétra dans la petite salle à manger intime. Elle avait passé sa plus belle robe, après l'avoir décrochée de la penderie de l'un des vastes placards de sa chambre. Comme tout le reste de ses vêtements, elle y avait été suspendue par des mains invisibles, mais soigneuses.

D'un rouge vermeil, le tissu descendait sur son buste à partir d'une encolure asymétrique, puis ondoyait sur ses hanches et ses jambes, jusqu'à ses chevilles. Elle l'avait choisie dans l'espoir d'éblouir Rafe, l'empêchant ainsi de songer à ce qu'il avait dit à propos de son masque.

— Bonsoir, monsieur le comte, dit-elle en refoulant l'envie de plonger devant lui en une révérence théâtrale.

— Madame la comtesse, murmura-t-il.

Quand elle vit un éclair flamboyer dans ses yeux gris, Angel eut l'impression de se trouver face à un tigre en cage. A une différence près : la seule à être enfermée dans une cage, dorée ou pas, c'était elle.

Debout à côté de la longue table couverte d'une belle nappe blanche, Rafe dominait tout l'espace. Dans la petite salle à manger, bien plus accueillante que le grand hall, ce n'était pas son mari qui effrayait Angel. D'autant qu'il était vêtu de façon beaucoup plus sobre qu'elle : comme il l'avait laissé sous-entendre, Rafe ne s'habillait pas pour le dîner.

Il n'en avait pas besoin.

Dans ce simple jean et cet ample pull bleu marine, il la fascinait. Ses cheveux, visiblement coupés par des mains peu expertes, étaient trop longs. Il était sombre, dur, très viril. En costume, il était le comte de Pembroke, distant et arrogant, totalement inaccessible. Tandis qu'à présent, dans ces vêtements décontractés, il n'était qu'un homme. Mais quel homme ! Angel voyait sa puissance et sa sensualité dévastatrice contenues, mais prêtes à jaillir.

Soudain, elle sentit ses lèvres s'assécher, tandis que tout le reste de son corps fondait, sur le point de céder. Elle était prête…

Et ce qui la terrifiait le plus, c'étaient ses propres réactions à la proximité de Rafe.

— Tu me regardes comme si tu ne m'avais jamais vu…

Sa voix était passée sur le visage d'Angel comme une caresse.

— J'essaie de distinguer le comte dans l'homme en tenue décontractée, dit-elle en baissant les yeux sur ses boots noirs en cuir épais.

Il aurait dû avoir moins d'allure. Sans ses costumes somptueux, il aurait dû se transformer en un type quelconque. Mais Rafe avait gardé toute sa beauté, toute son assurance. Il n'avait pas besoin de vêtements chic pour les afficher. Toute sa puissance irradiait de lui et de lui seul.

Cette pensée aurait dû la rendre nerveuse et, aussitôt, Angel se convainquit que c'était effectivement la nervosité qui était à l'origine des sensations vivaces qui se répandaient dans son bas-ventre.

— J'étais comte bien avant d'avoir aucun espoir d'accéder au titre, dit-il. Je suppose que le titre était inscrit en moi, que cela me plaise ou non. C'est comme la malédiction qui pèse sur ma famille.

Il était si sombre, si sérieux, avec sa posture martiale et son visage dévasté… Et, pourtant, Angel eut soudain le désir irrésistible de franchir la distance qui les séparait, de passer les bras autour de son cou, et de retrouver la chaleur de sa bouche. Un véritable magnétisme se dégageait de Rafe, songea-t-elle avec un frisson. Comment pourrait-elle assumer son rôle si elle se comportait comme un papillon attiré par la lumière ? Si elle cédait à cette envie suicidaire de se jeter dans les bras de son mari, au risque de se perdre ?

Pendant un long moment, il la contempla en silence et Angel eut la certitude qu'il devinait la moindre de ses pensées. Rafe savait exactement l'effet qu'il produisait sur elle. Cette fois, elle allait trop loin, se reprocha-t-elle. Tout-puissant qu'il soit, son époux ne possédait quand même pas de pouvoirs surnaturels !

Après s'être ressaisie, elle se rapprocha de la table et accepta le verre de vin qu'il lui tendait. Leurs doigts se frôlèrent, de façon infime, à peine perceptible, mais son cœur s'emballa aussitôt.

— Tout à l'heure, tu as parlé d'exigences, dit-elle en s'efforçant d'empêcher sa voix de trembler. Tu pourrais peut-être m'en dresser la liste, comme cela il n'y aurait pas de confusion.

— Quelle confusion ? répliqua-t-il d'une voix douce. Ce n'est pas moi qui craignais que la campagne affecte ma santé mentale.

Sa bouche remonta imperceptiblement au coin : ce qui, chez lui, devait faire office de sourire, songea Angel.

— A vrai dire, je suis très peu sortie, dit-elle en lui adressant un sourire insouciant. En restant à l'intérieur du manoir, je peux imaginer que je ne suis pas loin de Londres.

— J'admire ta capacité à rester dans ton univers de fantasmes, riposta-t-il avec ironie. Cela te sera très utile, ici.

Sans dire un mot, Angel s'assit sur la chaise qu'il venait de tirer pour elle. Après s'être installé en face d'elle, Rafe fit signe à l'un des serviteurs silencieux qui attendaient près de la porte.

Ensuite, une succession de plats furent apportés, tous

plus succulents les uns que les autres, qu'ils dégustèrent en bavardant. Angel entretenait la conversation, se moquant de Rafe chaque fois qu'elle l'osait, faisant naître de temps en temps une lueur dans ses yeux. Elle raconta des histoires stupides de ses différentes vies, brodant, dramatisant des anecdotes. Elle avait l'impression de s'être métamorphosée en une Shéhérazade des temps modernes, forcée d'inventer des contes pour sauver sa vie. Toutefois, elle n'aurait pu préciser en quoi consistait la menace. Ni ce qu'il risquait de lui arriver si elle s'arrêtait de parler.

Lorsque le dernier plat fut remporté, il n'y eut plus que les hautes bougies dans leurs chandeliers d'argent entre elle et Rafe. Leurs flammes dansaient dans le silence.

— Es-tu à court d'histoires ? demanda soudain Rafe.

Sa posture s'était relâchée au cours du repas, si bien qu'à présent, il était penché en avant, le visage à demi dissimulé dans l'ombre et le menton appuyé dans la main. Ses cicatrices avaient disparu comme par magie, réalisa Angel. Elle ne voyait plus que sa beauté, sobre, dure, et virile.

— Pas du tout. Je pourrais te raconter des histoires pendant au moins mille et une soirées ! Peut-être même le double. C'est le cadeau de mariage que je t'offre, Rafe.

En dépit de son ironie, sa voix avait été trop douce, trop consentante, révélant des secrets qu'Angel aurait préféré garder pour elle.

Rafe se contenta de la regarder sans rien dire, mais elle savait de quelle nature était le silence qui palpitait maintenant entre eux. Le désir emplissait l'atmosphère, trouble, dangereux. Car elle ne pouvait nier qu'elle désirait Rafe, même si son attirance pour lui était suicidaire. Il la fascinait. Les ténèbres qui se mouvaient en lui, qui le retenaient, envoûtaient Angel. Elle brûlait de les approcher, de *le* toucher. Elle aurait voulu se laisser entraîner dans le tourbillon de ces sensations, de ce désir, sans plus se préoccuper de l'abîme dans lequel elle risquait de tomber.

Mais elle ne pouvait se le permettre et, en réalité, cette perspective la terrifiait.

— Je crois que je vais aller me coucher, dit-elle avec calme. Une journée très chargée m'attend, demain, alors, j'ai besoin de reprendre des forces.

— Je t'en prie, répliqua-t-il de cette voix soyeuse qui la faisait frémir au plus profond d'elle-même.

Il se leva en un mouvement fluide et gracieux, en dépit de sa haute taille et de sa force. Fascinée, Angel ne put que le dévorer des yeux tandis qu'il contournait la table pour venir tirer sa chaise avec courtoisie.

Se lever fut plus difficile qu'elle ne l'aurait pensé, puis s'écarter de lui, alors que son corps réclamait, dans ses moindres cellules, qu'elle s'en rapproche. Il lui fallut faire appel à toute sa volonté pour se détourner et s'avancer vers la porte.

— Angel…

Elle s'immobilisa malgré elle et posa la main sur le chambranle pour garder son équilibre. Mais elle ne se retourna pas. Elle craignait bien trop ce qu'il se passerait si elle regardait Rafe.

Pourtant, elle n'avait pas peur, reconnut-elle en son for intérieur. Au contraire, elle *désirait* ce qui se passerait si elle osait le regarder.

Lorsqu'elle le sentit, plus qu'elle ne l'entendit, s'avancer derrière elle, Angel se mit à trembler. Mais elle ne se retourna toujours pas. Il se rapprocha encore, jusqu'à ce que ses jambes frôlent le tissu de sa robe et qu'Angel sente la laine douce de son pull effleurer ses omoplates nues. Rêvait-elle, ou sentait-elle la chaleur de Rafe, brûlante, se propager en elle ?

— Rafe…

— Ne dis rien.

C'était un ordre, même s'il avait été donné d'une voix douce, et que le souffle de Rafe lui caressait la nuque, la faisant frissonner de la tête aux pieds.

Il posa les doigts sur son épaule, puis les laissa glisser sur son bras, répandant un feu délicieux dans tout son corps. Elle eut l'impression de vaciller au bord d'un précipice, entre panique et désir. Ou d'être en proie aux deux, peut-être.

Rafe prit sa main libre, la souleva, puis la posa de l'autre côté du chambranle si bien qu'Angel se retrouva attachée par des liens invisibles, offerte à lui. Elle agrippa les montants de bois en retenant son souffle. Allait-il…

A cet instant, il lui passa un bras autour de la taille avant de presser son torse musclé contre son dos. Angel laissa échapper un halètement et se sentit fondre. Partout. Elle laissa retomber sa tête sur l'épaule de Rafe, comme si elle ne pouvait plus tenir debout sans son soutien. Il murmura alors quelques mots incompréhensibles, de sa voix grave et sensuelle, tandis qu'Angel se raccrochait désespérément au chambranle. Pour se protéger de lui, et d'elle-même.

Mais lorsqu'elle sentit ses lèvres ouvertes et chaudes effleurer l'endroit si tendre, juste au-dessous de son oreille, puis se refermer sur sa peau, Angel s'embrasa tout entière.

7.

Ce fut comme un éclair, fulgurant et éblouissant, qui naquit du plus profond de son être. Angel poussa un gémissement, qui mourut sous les lèvres de Rafe. Tout en la gardant serrée contre lui, il l'embrassa avec une telle fièvre qu'il aurait été impossible de lui résister.

Angel n'essaya même pas. Elle répondit à son baiser, avec tous ses doutes, toute sa fascination, et toutes les émotions qu'elle s'était en vain efforcée d'ignorer et de refouler.

Jusqu'à présent, Rafe avait exercé un contrôle d'acier sur lui-même, comprit-elle. Il se retenait encore, même si sa bouche dévorait la sienne avec avidité.

Ses mains glissèrent sur ses hanches, puis remontèrent sur sa taille, sur ses seins… Lentement, ses doigts explorèrent leurs rondeurs, tandis qu'Angel s'abandonnait contre lui, ivre de la chaleur émanant du corps ferme pressé contre le sien. Et lorsqu'elle sentit son érection, elle se sentit fondre. Dans un dernier sursaut de lucidité, elle essaya de se retourner, mais Rafe l'en empêcha.

Fermant les yeux, Angel enfonça les ongles dans les montants de bois peint tandis qu'il laissait de nouveau descendre ses mains sur ses hanches, sur ses cuisses. Il saisit alors le tissu et le remonta doucement…

— Rafe, murmura-t-elle quand il arracha sa bouche de la sienne. Rafe, je…

Sa main chaude remonta sur sa cuisse nue, puis s'insinua sous son minuscule string.

A cet instant, Angel crut l'entendre rire. Mais elle devait

s'être trompée. Rafe faisait glisser ses doigts sous le tissu arachnéen, appuyant sa paume à l'endroit où frémissait son désir. Avec une lenteur à peine supportable, il la caressa, au plus intime de sa chair, tandis qu'Angel l'accompagnait en bougeant les hanches. Sa tête retomba de nouveau sur son épaule et, les yeux clos, elle laissa échapper une longue plainte. A présent, elle s'abandonnait tout entière à ses caresses expertes.

Et lorsqu'il glissa un doigt, puis deux en elle, Angel crut défaillir de plaisir.

Rafe instaura alors un rythme auquel elle se soumit d'instinct, cédant un peu plus à chaque poussée de ses doigts. Puis il reprit sa bouche, buvant les sons rauques qui échappaient à Angel, encourageant chaque soupir, chaque gémissement…

Petit à petit, elle sombra dans les sensations qu'il faisait naître en elle. Rafe jouait de son corps comme d'un instrument créé seulement pour lui, pour cette volupté…

Et soudain, Angel, submergée par une vague de plaisir, se laissa aller dans les bras de Rafe.

Lorsqu'elle reprit ses esprits, il avait laissé retomber la robe sur ses jambes. Mais il restait immobile derrière elle et Angel sentait encore sa chaleur irradier de son corps puissant et se répandre en elle. Ses jambes tremblaient si fort qu'elle craignit de tomber s'il la lâchait. Lentement, elle lâcha le chambranle et se retourna dans les bras de Rafe qui lui enserrait encore la taille.

Une telle lueur éclairait son regard qu'elle frémit. Il lisait en elle, beaucoup trop nettement. Une fois de plus, elle ne vit ses cicatrices qu'après avoir absorbé l'impact de son regard gris. Rafe exerçait un pouvoir immense sur elle. Il aurait pu lui demander n'importe quoi, elle lui aurait obéi avec joie.

Une émotion inconnue, d'une force inouïe, saisit alors Angel. Une émotion qu'elle ne pouvait nommer et à laquelle elle ne pouvait faire face de crainte de sombrer corps et âme.

Le regard farouche et impitoyable, Rafe leva alors la main et lui effleura la joue. Une telle intensité émanait de son expression qu'Angel ne put le supporter. Elle ne pouvait se permettre de telles émotions. Elle ne pouvait se permettre de *ressentir* quoi que ce soit.

Mais des sensations nouvelles se déployaient en elle, prenant toute la place. Et si la caresse de Rafe sur sa joue était légère, presque imperceptible, son geste était *possessif*, comprit-elle en tressaillant.

— Ah, fit-il d'un ton amer. C'est beaucoup moins excitant quand tu vois le monstre en face, n'est-ce pas ? Tu ne peux plus imaginer que c'est un autre qui te touche, un homme moins hideux à regarder. Toutes mes excuses, j'ai perdu la tête. Mais cela ne se reproduira pas, je te le promets.

Il laissa retomber son bras puis, sans un regard pour Angel, quitta la pièce avant de disparaître dans le couloir.

Figée sur le seuil, Angel sentit une tristesse infinie l'envahir : elle avait lu une telle souffrance, dans son regard…

Elle dut serrer les poings pour ne pas éclater en sanglots.

Incapable de trouver le sommeil, elle se redressa sur son séant après avoir passé en revue tous les moyens possibles et imaginables de s'endormir. Compter les moutons n'avait fait qu'augmenter sa nervosité. Ensuite, Angel avait essayé de se vider l'esprit, sans plus de succès. Elle avait même commencé à écrire un long courriel à Allegra, avant de renoncer et de l'effacer, agacée de s'embrouiller elle-même dans des explications tortueuses…

De toute façon, la raisonnable Allegra ne pourrait jamais comprendre les motifs qui l'avaient poussée à épouser Rafe, et encore moins ces émotions qu'Angel pouvait à peine nommer elle-même. Par conséquent, comment lui expliquer le mélange de désespoir et de ravissement qui l'emplissait encore maintenant, des heures après avoir vécu ces instants délicieux ? Comment lui parler de ce désir fou de sentir de nouveau les doigts de Rafe la fouiller au plus intime de son corps ?

Après avoir installé son ordinateur portable sur ses genoux, elle se remit à écrire.

J'ai échoué au fin fond de la campagne écossaise, en compagnie d'un comte richissime qui vit dans un manoir en ruine.

Eh oui ! Tu as bien lu et je devine ce que tu penses — je t'imagine même en train de sourire…

Mais je n'exagère pas, Allegra : j'ai bien peur d'avoir été transportée en plein Moyen Age et de me voir bientôt forcée de porter un corset ou une abomination du même style : une cornette, par exemple — tu vois un peu ?

Heureusement, je n'ai pas encore aperçu le moindre kilt, ni entendu de cornemuse, ni été forcée de manger cet infâme haggis. Mon Dieu, quelle horreur : de la panse de brebis farcie ! Mais je soupçonne que toutes ces épreuves ne vont pas tarder à m'être imposées, hélas.

Je survivrai sans doute aux kilts et aux cornemuses, mais au haggis ? J'en doute…

Et toi, tout va bien avec ton somptueux prince charmant ?

Bises,

Angel

Ce n'était pas ce qu'elle aurait vraiment souhaité écrire, mais Angel se sentit mieux après avoir envoyé son message et refermé son ordinateur. Du moins pendant un moment car, hélas, son soulagement ne dura pas.

A l'heure où l'aube commençait à poindre, laissant filtrer une faible lueur bleue entre les rideaux, Angel renonça à dormir et, après avoir repoussé drap et couverture, elle posa les pieds sur le plancher froid.

Au fil des heures, une sensation de vide l'avait envahie, sans parler des visions et des sensations qui l'avaient torturée sans fin : le souvenir des doigts experts de Rafe, de sa bouche ensorceleuse…

Par ailleurs, elle restait hantée par le regard glacial qu'il lui avait adressé lorsqu'il avait cru qu'elle le rejetait. A cause de ses cicatrices ? Elle n'était pas si superficielle, tout de même…

Si elle l'avait été, cela aurait sans doute facilité les choses.

Finalement, elle n'était pas de taille à vivre une telle situation, reconnut Angel en refoulant un nouvel accès de panique. Elle n'avait pas prévu qu'il se révélerait aussi difficile de se marier par intérêt.

A sa grande stupeur, elle se rendit compte qu'elle portait presque un autre regard sur la conduite de Chantelle. En dépit de tous ses défauts, sa mère avait réussi à maintenir en équilibre un mariage fondé sur le seul désir de partager la célébrité de Bobby et sa fortune.

Mais Angel n'était pas Chantelle, même si en apparence leurs comportements révélaient des similitudes. Toutefois, lui ressembler vraiment était impossible. Car Chantelle n'avait jamais eu aucun scrupule à faire ses choix, alors que, deux semaines à peine après avoir pris sa décision, Angel se retrouvait anéantie par les siens.

Elle en voulait trop. Elle avait envie que Rafe lui parle, lui sourie. Elle désirait qu'il ait une bonne opinion d'elle, qu'il partage avec elle ces secrets qu'elle sentait enfouis en lui, semblables à des ombres malfaisantes. Elle voulait qu'il l'apprécie.

Cette attitude était complètement folle, et ce genre de désir ne pouvait que lui apporter de sérieux ennuis.

Pourquoi ne pouvait-elle pas se contenter de la distance saine et polie qui convenait au genre de mariage qu'ils avaient conclu ? Pourquoi cela ne lui suffisait-il pas ?

Le vrai problème n'était pas là, bien sûr. Le cœur du problème, c'était cette fascination totale, sensuelle, qu'Angel ressentait devant son mari. Ce désir qu'elle ne parvenait même pas à comprendre. Encore maintenant, des heures plus tard, il suffisait qu'elle pense à Rafe pour que son corps frémisse, prêt à s'abandonner de nouveau. Son sexe palpitait, s'ouvrait. Ses seins se faisaient lourds.

Et la chaleur infernale se diffusait en elle, lui donnant envie de crier, de pleurer.

Non, s'ordonna-t-elle, horrifiée à la pensée de s'aventurer sur ce terrain dangereux. Pas de larmes.

Toute cette histoire était une erreur. Depuis le début. Angel aurait dû se retirer quand il en était encore temps. A présent, elle se trouvait impliquée dans un processus qui la dépassait, qui lui faisait ressentir les choses qu'elle s'était toujours promis de ne *jamais* ressentir. Elle s'était juré de ne pas perdre la tête pour un homme.

C'était impossible. Inconcevable.

Sans réfléchir davantage, Angel enfila son jean préféré, un T-shirt à manches longues, un pull épais, puis chaussa ses boots à talons plats et enroula son écharpe autour de son cou avant de glisser son portefeuille avec ses papiers d'identité dans l'une des poches arrière de son jean. Elle n'avait besoin de rien d'autre. L'essentiel était de quitter ce lieu, d'aller n'importe où, dans un endroit qui serait à elle, et à elle seule.

Sans faire de bruit, elle quitta la chambre de la comtesse et descendit au rez-de-chaussée. Lorsqu'elle s'avança vers la porte d'entrée, elle se rendit compte pour la première fois que le beau plancher ancien craquait terriblement sous ses pas. Angel sursauta et regarda autour d'elle, s'attendant presque à voir surgir les fantômes d'anciens occupants du manoir.

Dehors, il faisait maintenant plus clair et le ciel avait pris une teinte mauve qui s'éclaircissait d'instant en instant, annonçant l'arrivée du soleil.

Angel marcha, marcha, inspirant à pleins poumons l'air frais, avant de le voir ressortir sous la forme de petits nuages blancs qui flottaient devant sa bouche avant de s'évanouir.

Non, elle ne fuyait pas, se dit-elle tandis qu'elle avançait sur le sol recouvert de givre brillant. Le chemin serpentait, et Angel savait qu'au bout, tout au bout, il rejoignait la route menant à un village. Peu à peu, elle se ressaisissait, recouvrait ses esprits.

La situation dans laquelle elle s'était fourrée était atroce. C'était encore pire que de se retrouver entre les griffes de Chantelle. Ce désir dévorant pour Rafe, cette soif désespérante… Cette folie qui échappait à son contrôle, sauvage, chaotique et qui, si elle la laissait faire, prendrait possession de sa vie. C'était impossible…

Angel ne savait que trop où ce genre de folie pouvait conduire. « Si tu perds la tête, ma chérie, tu perds le contrôle, avait répété maintes fois sa mère en exhalant lentement la fumée de sa cigarette. Et ensuite, tu perds *tout*, comprends-tu ? »

— Je ne serai jamais comme toi, lui avait affirmé Angel un jour, avec le plus grand sérieux, alors qu'elle n'avait pas plus de neuf ans.

— Oui, c'est ce que tout le monde dit ! avait répliqué Chantelle en éclatant de rire. Mais lorsque l'amour est là, on oublie toutes ces belles paroles, crois-moi, Angel. Je sais de quoi je parle.

Angel s'en souvenait avec une clarté éblouissante. Elle n'avait jamais connu son père. Elle n'avait jamais souhaité rencontrer cet homme marié capable d'abandonner une jeune fille de dix-sept ans enceinte de lui. Mais que Chantelle, si débrouillarde, si rusée, capable de mener n'importe quel homme par le bout du nez, ait perdu la tête à cause de lui… cela la terrifiait.

Car elle était tombée follement amoureuse de lui, avait raconté Chantelle, au point d'abdiquer toute volonté propre.

Si ce genre de passion avait le pouvoir de vous transformer en un simple objet, manipulable à merci, alors Angel n'en voulait pas. Elle se l'était toujours juré. Jusqu'à sa rencontre avec Rafe.

Elle avait peur de lui, réalisa-t-elle en continuant à avancer sur le chemin désert. De temps en temps, celui-ci s'enfonçait dans les bois, avant d'offrir des vues sublimes sur le loch aux eaux brillantes et étales, avec les imposantes montagnes en arrière-plan. Angel craignait que ce désir brûlant la détruise, comme il avait détruit sa mère autrefois. Elle avait peur, si elle y succombait, si elle se rendait, de ne plus jamais pouvoir redevenir elle-même.

Or elle ne possédait qu'un seul bien au monde : elle-même.

Soudain, elle s'arrêta sans savoir pourquoi. Le chemin l'avait conduite presque au bord du loch, dont elle contempla les eaux transparentes. Les montagnes se dressaient au loin, impressionnantes, bleues et violettes. Malgré elle, Angel se retourna vers *Pembroke Manor*, perché au sommet de la colline dont elle descendait le flanc.

Tout à coup, la vue de la vieille demeure la troubla si intensément qu'elle en frémit. Un fluide étrange se propageait partout en elle, dans ses os, ses muscles, sa peau. Il se répandait en un long flot qui semblait infini.

Et alors ? se demanda-t-elle sans cesser de regarder le manoir décrépit. Le soleil commençait à l'éclairer, le nimbant d'un léger éclat doré. Au fond, il ressemblait à son maître, songea tout à coup Angel : les dégâts qu'il avait subis n'ôtaient rien à sa grâce et à sa beauté.

A cet instant, une question lui vint : *Où aller ? Et pour quoi faire ?*

Angel n'avait pas d'amis. Du moins, pas de *vrais* amis, parce qu'elle n'avait jamais laissé personne l'approcher. Elle considérait à peine sa folle de sœur, Izzy, et sa mère, comme sa famille. Quant aux relations qu'elle entretenait avec Allegra et Ben, à qui elle n'était pas liée par le sang, elle ne prendrait jamais le risque de les gâcher en leur parlant de ses ennuis. Elle en avait déjà trop dit à Allegra. Par ailleurs, elle n'avait pas d'argent, et devait cinquante mille livres, sans compter les intérêts. Elle ne possédait aucune qualification, et vu qu'elle approchait la trentaine, travailler comme mannequin deviendrait bientôt impossible.

Elle n'avait même plus d'appartement où aller se réfugier…

Au fond, reconnut Angel tandis que le soleil montait dans le ciel, rien de tout cela n'aurait eu d'importance si elle avait *vraiment* souhaité partir. Or ce n'était pas le cas. Et cette vérité la terrifiait encore plus que tout le reste.

Entendant soudain du bruit derrière elle, Angel se

retourna et vit Rafe émerger du bois. Elle ne fut pas surprise. De toute façon, rien de ce qui se passait dans sa maison ne lui échappait, elle en était certaine. Elle ne fut pas surprise non plus de sentir son cœur se mettre à battre trop vite tandis qu'elle contemplait l'expression retenue de son visage, puis promenait son regard sur sa silhouette à la fois robuste et élancée.

— Je n'aurais jamais pensé que tu serais du genre à apprécier les balades matinales, dit-il d'un ton froid. Ni que tu te risquerais hors du manoir pour t'aventurer dans la campagne.

Il était encore plus distant que d'habitude, et une tristesse insondable émanait de lui, constata Angel en sentant sa poitrine se serrer.

Son désir pour lui était plus fort que son instinct de protection, s'avoua-t-elle soudain. Quand ce basculement s'était-il produit ? Elle n'en savait rien mais, en tout cas, il avait eu lieu, c'était indéniable.

— Non, ce n'est pas du tout mon genre, dit-elle en le regardant dans les yeux.

Mais son regard restait voilé, sombre. Rafe se tenait sur ses gardes, se retranchant derrière sa façade sévère, sa posture de soldat. A présent il s'était rapproché d'elle, si près que, si elle l'avait osé, Angel aurait pu le toucher.

— En fait, je m'en allais, poursuivit-elle sans détourner son regard du sien.

— Déjà ? répliqua-t-il avec amertume.

Ses yeux s'étaient encore assombris, mais il ne semblait pas surpris.

— Je pensais que tu serais un peu plus obstinée que cela, ajouta-t-il.

Angel ne put réprimer un léger sourire. Elle aurait tant aimé glisser les mains sous l'épais manteau noir qu'il avait enfilé sur son jean et son pull en laine, pour sentir sa chaleur.

— Heureusement que tu possèdes ces vastes terres, répliqua-t-elle d'un ton détaché. Mon besoin de fuir a disparu en route et me voilà ici, en train de contempler les montagnes et le loch. Ma tentative a échoué.

Il ne lui adressa même pas l'ombre d'un sourire. Le regard presque noir, il la contemplait, les mains dans les poches.

— Je me demande ce qui t'a fait perdre patience, dit-il d'un ton méprisant. En tout cas, ce devait être vraiment terrible, pour que tu quittes ton lit à une heure aussi matinale et que tu affrontes la nature hostile.

Rafe la défiait, la provoquait. Son attitude peina Angel. Pour lui. Pour elle. Pour cette affreuse situation, ce mariage dénué de tout sentiment. Il ne pourrait jamais en être autrement, elle le savait. Une fois encore, elle se demanda ce qui se serait passé s'ils s'étaient rencontrés en d'autres circonstances.

Elle ne le saurait jamais, hélas…

Un sanglot monta de sa gorge, qu'elle étouffa aussitôt. Puis, avant de se laisser le temps de réfléchir, elle leva les mains et les posa avec douceur sur les mâchoires de Rafe. Lentement, elle caressa les cicatrices qui marquaient la moitié de son beau visage, et quand Rafe tressaillit, ce fut comme s'il l'avait frappée. Mais Angel n'ôta pas ses mains, même quand il les couvrit des siennes, comme pour les écarter. Un éclat argenté brillait au fond de ses yeux gris : Rafe souffrait, comprit-elle en soutenant son regard.

— Lorsque je t'ai vu, à Santina, dit-elle calmement, j'ai été fascinée par tes yeux sombres et ta force tranquille.

— Tu as surtout vu que j'étais riche, répliqua-t-il d'une voix coupante.

Mais, maintenant, il y avait de la surprise dans ses yeux. Et il ne la repoussait pas.

— Oui, c'est vrai, approuva Angel.

C'était la triste réalité, en effet, et elle devrait apprendre à vivre avec. Mais, en cet instant, cela n'avait pas d'importance. La seule chose qui comptait, c'étaient les émotions immenses et terrifiantes qu'elle s'autorisait enfin à ressentir.

Angel sourit, d'un vrai sourire, dénué de toute arrière-pensée. Sans masque. Seule la vérité éclatante qu'elle sentait irradier de tout son être et que Rafe percevait peut-être. Cette vérité la transformait, la rendant plus vulnérable que jamais.

Un véritable vertige la gagna, mais Angel assuma la révélation qui l'étourdissait. Une force nouvelle avait pris possession d'elle, dépassant toutes ses peurs, même les plus terrifiantes.

— Et c'est seulement après, Rafe, chuchota-t-elle, que j'ai remarqué tes cicatrices.

Celles-ci étaient chaudes sous sa paume, et la paume de Rafe brûlante.

Les yeux rivés aux siens, Angel sentit son cœur battre la chamade. Elle ne résista pas et, durant un long moment, ils se regardèrent en silence. Puis un pli amer et triste se dessina sur la bouche de Rafe. Il y avait un contraste si saisissant entre la chaleur de ses mains et la froideur de son regard… Il était si seul, comprit Angel avec un tressaillement.

— Ah, Angel ! fit-il alors d'une voix rauque. Les cicatrices ne sont rien, comparées au reste.

Elle sentit ses doigts se resserrer sur les siens tandis qu'il semblait lutter contre des démons invisibles. Puis il laissa retomber ses bras avant de fourrer les mains dans les poches de son manteau.

8.

Après cette rencontre étrange, une sorte de routine s'installa au manoir.

Lorsqu'ils avaient regagné *Pembroke Manor* côte à côte et sans dire un mot, Angel avait senti une profonde confusion l'envahir. Elle avait renoncé à partir si facilement ! Pourtant, elle en avait eu la possibilité. Mais une force opaque l'avait poussée à céder au désir sans doute irraisonnable de rester. De tenter sa chance auprès de Rafe, même si elle savait que tout espoir était vain. Par ailleurs, elle refusait d'approfondir la question, de réfléchir. Parce que désirer une vraie relation avec Rafe, un vrai mariage, aurait de toute façon été de la folie pure.

Désormais, ils se retrouvaient chaque matin, dans la petite salle à manger aux hautes fenêtres donnant sur le loch et les majestueuses montagnes, que le soleil inondait lorsqu'il faisait beau. Là, un copieux petit déjeuner leur était servi, et Rafe mangeait avec appétit tandis qu'Angel s'efforçait de ne pas penser à l'heure indue. Pour se réveiller tout à fait, elle buvait de grandes tasses de café à l'arôme et au goût délicieux.

Elle avait cessé de se demander pourquoi elle se levait à une heure aussi impossible, dans le seul but de s'installer en face de Rafe avant qu'il ne démarre sa journée. Après avoir trouvé des réponses qui ne la satisfaisaient jamais, elle avait décidé qu'elle se levait pour le café.

— Tu sembles plongée dans une véritable extase mystique, dit Rafe.

Angel sursauta et se rendit compte qu'elle avalait le merveilleux breuvage en fermant les yeux.

— C'est sans doute le cas ! répliqua-t-elle avec un soupir heureux. Je vais finir par croire que tu fais venir ton café directement des cieux, je ne vois pas d'autre explication.

— Non, du Kenya, dit-il en s'appuyant au dossier de sa chaise. Mon arrière-grand-père avait acheté une petite plantation là-bas, au début du XXe siècle. J'ai toujours trouvé ce café délicieux, moi aussi.

— Evidemment, tu ne pouvais pas aller t'approvisionner au supermarché du coin ou au village ! répliqua-t-elle d'un ton moqueur. Y a-t-il d'autres détails insignifiants du même genre dont tu aurais omis de me parler ? Un palais ou deux cachés quelque part ? Un petit archipel aux Caraïbes ?

Rafe ne sourit pas, mais sa bouche s'adoucit.

— Je ne vois pas, dit-il en se levant, la dominant de sa haute silhouette. Mais un archipel dans les Caraïbes me paraît une bonne idée, reprit-il. Merci de la suggestion, je vais y réfléchir.

Angel reprit sa tasse et la porta à ses lèvres en refoulant la vague de désir qui déferlait en elle. Ce n'était que la perspective éventuelle de disposer d'îles sublimes nichées dans la mer des Caraïbes, essaya-t-elle en vain de se convaincre.

Comme d'habitude, Rafe portait un jean qui moulait ses hanches étroites et ses cuisses puissantes. Ce jour-là, il avait passé une chemise en coton épais dont il avait roulé les manches sur ses avant-bras. Il n'y avait rien de particulièrement sexy dans sa mise et, pourtant, Angel sentait tous ses sens vibrer, rien qu'à le regarder.

Il avait prévu d'aller travailler avec l'équipe qui venait chaque jour restaurer l'aile détruite du manoir, avait-il dit au cours du petit déjeuner. Il se pencha et reprit sa tasse avant d'en vider le contenu, puis la reposa sur la table. Ses gestes étaient banals, cependant la lueur incandescente couvait dans ses yeux, si troublante. Elle perturbait Angel, allumant un feu secret au plus profond d'elle-même.

Soudain, elle se rappela leur rencontre au petit matin, sur le chemin près du bois. Elle se souvenait parfaitement de la sensation de ses cicatrices sous ses doigts, de la rugosité de sa barbe naissante. La même lueur avait alors scintillé dans ses yeux tandis que le monde semblait voler en éclats autour d'eux. Elle en avait eu le souffle coupé, comme maintenant.

Et quand, soudain, la belle bouche de Rafe remonta légèrement de chaque côté, Angel dut faire un effort pour ne pas tendre la main et en suivre le contour du bout des doigts.

— Je t'ai dit que je ne te toucherais plus, n'est-ce pas ? dit-il d'une voix douce comme du miel.

— Oui, en effet.

Il s'était montré si poli, si distant, après ce qui s'était passé à la fin du dîner, lorsqu'elle s'était abandonnée au plaisir dans ses bras, sur le seuil de la salle à manger… Après s'être excusé, il lui avait affirmé que cela ne se reproduirait plus.

A moins qu'elle le lui demande… Car si Angel le souhaitait, il était prêt à lui offrir tout ce qu'elle désirait en matière de sexe. Et, de son côté, elle accepterait de se soumettre à lui. Il l'entraînerait alors dans un monde de plaisirs auxquels elle n'osait même pas songer.

— Eh bien, répliqua Rafe, ce que j'ai dit reste valable. Mais si tu désires que je rompe ma promesse, tu n'as qu'à prononcer un mot.

Il était si viril, si potentiellement dangereux. Angel sentait la force exsuder de lui, le pouvoir aussi. Ils s'insinuaient en elle, faisant éclore toutes sortes de désirs. Soudain, elle eut l'impression que si elle ne vivait pas la passion qui la consumait, elle allait *vraiment* devenir folle.

— N'importe lequel, reprit-il avec lenteur.

Pourquoi se refusait-elle ce que son corps réclamait, ce qui brûlait en elle depuis ce matin-là, sur le chemin près du bois, ou déjà la veille au soir, sur le seuil de la salle à manger ? Et même avant, reconnut Angel. Pourquoi ne se levait-elle pas de sa chaise, tout simplement, avant de franchir le peu de distance qui la séparait de Rafe, afin de mettre un terme à ce jeu dangereux et torturant ?

Après avoir passé de longues nuits à repenser à la volupté que Rafe avait éveillée en elle avec sa bouche, ses doigts, elle savait très bien ce qu'il lui manquait.

Et pourtant, elle resta silencieuse et immobile.

Au bout d'un long moment, elle trouva la force de sourire.

— Très bien, dit Rafe avec calme.

Comme si, au fond, elle l'amusait, et que sa patience était sans limite. A moins qu'il ne réagisse ainsi par pure arrogance, parce qu'il était certain de l'issue du jeu ?

En tout cas, il quitta bientôt la pièce sans se retourner, comme à son habitude.

Angel se trouva alors forcée de regarder la vérité en face. Ce n'était qu'une question de temps : tôt au tard, elle céderait au désir qui la ravageait et se soumettrait à Rafe. Et une fois qu'elle aurait succombé, elle ne serait plus jamais la même, elle en avait acquis la conviction. Face à lui, toutes ses défenses semblaient céder comme par enchantement. Cet homme la fascinait, depuis le premier instant où elle l'avait aperçu, et cette fascination n'avait fait que croître par la suite.

Faire l'amour avec lui représenterait la pire erreur de sa vie, elle le pressentait. Cet acte tracerait une frontière définitive entre l'avant et l'après, et en la franchissant Angel ignorait ce qu'elle laisserait derrière elle. La seule chose dont elle était sûre, c'est que le prix à payer serait très élevé.

Et pourtant, cette certitude ne l'arrêterait pas, comprit-elle soudain en reprenant sa tasse avant de la porter à ses lèvres. Mais en retardant le moment de capituler, elle gardait l'illusion de détenir un soupçon de contrôle dans ce mariage, un tout petit peu de pouvoir.

Parce qu'elle devinait, avec une intuition féminine dont

elle découvrait la force, qu'une fois qu'elle se serait rendue à son mari, elle n'en aurait plus du tout.

Cet après-midi-là, Rafe sentit approcher Angel avant même de la voir. Il *la* sentit. L'air palpitait différemment, du simple fait de sa présence, la brise printanière se faisait plus tiède, les parfums embaumant l'atmosphère plus doux.

Elle l'inspirait, reconnut-il en plissant le front. Elle lui donnait envie de s'aventurer à déclamer des vers dès qu'il l'apercevait… Cela aurait dû suffire à le faire frémir d'horreur.

En fait, il était en train de s'entretenir avec le chef de chantier, qui s'interrogeait sur des difficultés survenues dans la reconstruction des murs de l'aile détruite. Mais au lieu de répondre à la question que ce dernier venait de lui poser, Rafe restait muet, occupé à contempler sa femme qui traversait la pelouse ; elle avait l'air totalement décalé dans cet environnement rural.

Sa femme. Rafe laissa ces mots résonner en lui, en y trouvant un plaisir trop vif. Il ne parvenait pas à comprendre pourquoi il trouvait Angel aussi attirante. Elle se démarquait de toutes les façons possibles, délibérément, Rafe en était persuadé. Elle se montrait irrespectueuse, tout en faisant preuve d'une intelligence qu'il admirait malgré lui. Il l'appréciait de plus en plus, s'avoua-t-il soudain.

Refusant de s'appesantir sur cette découverte, Rafe songea qu'il fallait qu'Angel comprenne qu'elle ne se trouvait pas dans une rue branchée de Londres et qu'à la campagne, elle ne pouvait pas se promener dans une telle tenue.

Les ouvriers avaient mieux à faire que de reluquer la comtesse en présence du comte, certes, mais ainsi habillée elle était une provocation ambulante. Quel homme digne de ce nom n'aurait perdu la tête devant une femme vêtue d'un jean ultra-moulant, et de l'un de ses hauts sophistiqués qui donnaient à Rafe l'envie de les lui ôter avec les dents ? En outre, ses talons d'une hauteur invraisemblable la faisaient onduler des hanches de façon irrésistible, à un rythme nonchalant qui fit réagir sa libido encore plus violemment que d'ordinaire. Sans parler de ses immenses lunettes de soleil, de ses cheveux savamment décoiffés… A vrai dire, il mourait d'envie de se servir de ses dents, de sa bouche, pour lui infliger de délicieux supplices auxquels, il n'en doutait pas, elle brûlait elle aussi de se soumettre.

Angel le rendait fou. Lentement mais sûrement. Et le pire, c'était qu'il se laissait entraîner de son plein gré dans cette folie.

— Je vois que tu es équipée pour donner un coup de main, dit-il quand elle se rapprocha.

— Il y a si peu de miroirs, dans cette maison ! répliqua-t-elle de son ton désinvolte. Je suis forcée de mettre n'importe quoi avec n'importe quoi, en espérant que l'ensemble ne sera pas catastrophique. Si tu n'apprécies pas le résultat, tu n'as qu'à t'en prendre à toi-même.

Rafe éprouvait si rarement le besoin de se regarder dans un miroir qu'il avait oublié qu'il les avait presque tous fait enlever. Trop de fantômes y surgissaient. Face à son reflet, il ne voyait que l'explosion et ses terribles conséquences. Il n'entendait que les cris, et pas seulement les siens.

— Je déteste les miroirs, dit-il d'un ton incisif.

— Mon seul but était d'apporter mon soutien et mon encouragement, répliqua-t-elle en adressant un sourire éblouissant au chef de chantier.

Après avoir incliné la tête devant elle en rougissant, celui-ci s'éloigna aussitôt.

Angel se tourna alors vers Rafe en continuant à sourire.

— Ma vue ne te ragaillardit pas ?

— Au contraire, murmura-t-il. Surtout celle d'une certaine partie de mon anatomie.

— Je ne comprends pas de quoi tu parles, enchaîna-t-elle d'un air faussement innocent.

En même temps, sa bouche affichait une moue moqueuse.

Une fois de plus, elle se jouait de *lui*. Elle avait beau le faire souvent, chaque fois Rafe en était surpris. Pourquoi la trouvait-il aussi amusante ? Alors que rien ne parvenait plus jamais à le divertir, depuis le jour où il avait quitté Pembroke à l'âge de seize ans, brisé, rejeté, pour aller rejoindre l'école militaire qui avait fait de lui un homme.

— Pose les mains sur moi comme je sais que tu le désires, proposa-t-il. Alors, tu comprendras, j'en suis sûr.

Il ne se souciait même pas de la proximité des ouvriers qui, sans aucun doute, les observaient. Lorsqu'il se trouvait avec Angel, Rafe oubliait tout, sauf elle.

Sans se décontenancer, elle lui adressa l'un de ses sourires ensorcelants avant de reporter son attention sur le chantier. Rafe s'ordonna de se calmer, mais il doutait d'y parvenir s'il restait à proximité d'Angel. A cet instant, elle enfonça les mains dans les poches arrière de son jean moulant, son geste faisant ressortir le galbe parfait de ses seins sous le fin tissu de son haut. Rafe réprima un gémissement.

— Ça avance bien ? demanda-t-elle. Ces engins font tellement de bruit !

Etait-elle vraiment inconsciente de la torture qu'elle lui infligeait ? Peut-être pas autant qu'elle le paraissait, songea-t-il lorsqu'elle lui adressa un regard en biais.

— Oui, les travaux avancent bien, répondit-il. Le fait que les ouvriers se servent d'outils bruyants est bon signe. Si tout était silencieux, ce serait plutôt inquiétant.

Il suivit son regard tandis qu'elle contemplait l'ébauche de la nouvelle aile orientale. Rafe avait souvent pensé que cette élévation marquerait le début concret de sa nouvelle vie à *Pembroke Manor*. Qu'un nouveau chapitre de l'histoire de son comté et de sa famille commencerait. Il s'agirait d'un renouveau qui effacerait toutes ces années sombres et chaotiques auxquelles il avait survécu tant bien que mal, en voyant les membres de sa famille succomber à leurs démons, l'un après l'autre. Dans cette nouvelle existence, il protégerait et veillerait au bon entretien du patrimoine familial et au bien-être de tous ceux qui y travaillaient. Au lieu de les exploiter jusqu'au dernier penny, comme Oliver l'avait fait sans vergogne.

Si Rafe n'avait pas fait preuve d'une discipline de fer, et géré avec soin le petit héritage légué par son père, ainsi que les avoirs fonciers que sa grand-mère lui avait cédés avant sa mort, il se serait peut-être vu contraint de vendre *Pembroke Manor*. Le domaine aurait alors sans aucun doute été mutilé, divisé en parcelles, comme la plupart des grandes propriétés du Royaume-Uni depuis déjà bon nombre d'années.

Rafe ne permettrait jamais qu'un tel crime soit commis. Il restaurerait le manoir, en hommage à son enfance brisée à la mort de son père. Au garçon qu'il avait été trop brièvement. A ce qu'il aurait pu être…

— Pourquoi aimes-tu autant cet endroit ? demanda Angel, coupant court à ses réflexions.

Avait-elle lu dans ses pensées ? s'interrogea Rafe en regardant les ouvriers travailler.

— Entends-tu par là que toi, tu ne l'aimes pas ? répliqua-t-il avec calme.

— Je suis capable de l'apprécier, bien sûr.

Elle s'exprimait avec précaution, nota-t-il. Derrière ces épaisses lunettes noires, il ne pouvait voir ses beaux yeux intelligents. Mais peu lui importait qu'elle se dissimule ainsi. Il la désirait, totalement. Rafe aurait sans doute dû s'inquiéter de l'intensité de ce désir, mais il ne s'y attarda pas une seconde.

— Je vois que c'est très beau, et très ancien, poursuivit-elle en haussant les épaules. Et comme tout le monde, ou presque, j'admire les lieux chargés d'histoire.

Après s'être interrompue un instant, elle ajouta :

— Mais ce n'est pas ce que tu ressens, n'est-ce pas ? Pour toi, il s'agit d'un attachement beaucoup plus profond.

— C'est ma maison, dit-il simplement.

Puis il croisa les bras sur sa poitrine pour ne pas poser les mains sur elle. Pas en public.

— Ce manoir représentait la joie et la fierté de mon père, et celles de son père avant lui, et ainsi de suite, jusqu'au début du XVe siècle environ, lorsque le premier petit bâtiment a été construit ici. D'aucuns affirment que la branche des McFarland, à laquelle j'appartiens, a pris racine dans cette région au tout début de l'histoire de l'Ecosse. C'est à tout cela que je veux rendre hommage.

Il s'agissait aussi d'un acte de pénitence, pour avoir participé à la destruction de ce lieu. Pour avoir contribué peu ou prou à ce qui s'y était passé. Car si Rafe avait été meilleur, s'il n'avait pas autant irrité sa mère et son frère, peut-être que rien ne serait arrivé. Il ne le saurait jamais, mais il pouvait reconstruire.

— Tu ne dis jamais que tu étais heureux ici, dit soudain Angel. Tu ne fais jamais allusion à aucun souvenir agréable. Tu parles toujours d'héritage, de devoir… L'as-tu remarqué ?

— Je serai heureux lorsque le manoir sera restauré, répondit-il après un silence.

Quelque chose d'immense et de lourd l'envahissait, en dépit de ses efforts pour le tenir à distance.

— Tu crois ? demanda-t-elle d'une voix teintée de tristesse.

La colère rugit en Rafe. Parce que la colère était bien plus facile à comprendre que cette chose terrible qui lui nouait la poitrine, le ventre, le forçant à ressentir des émotions qu'il aurait préféré ignorer. Qu'il avait passé *des années* à ignorer.

— Ne perds pas ton temps à imaginer des histoires tristes à mon sujet pour me trouver des excuses, dit-il d'une voix dure. Je te répète qu'il ne s'agit pas d'un conte de fées, Angel. Aucun baiser ne me transformera en prince charmant.

— C'est clair ! répliqua-t-elle en laissant échapper un petit rire cristallin. Peut-être pourrions-nous parler de ton obsession pour les contes de fées, alors. Cela revient souvent dans ton discours. En lis-tu chaque soir ? Devrais-je me méfier quand je mange une pomme bien rouge dans cette maison ?

Rafe lui cherchait querelle, il s'en rendait compte. Il désirait que cela explose, parce que, ainsi, la passion contenue qui lui gâchait la vie exploserait en même temps. Il voulait que la tension cède et qu'Angel se décide enfin à poser ses mains sur lui pour que cette attente infernale prenne fin.

— Merci d'être venue offrir ton soutien, Angel, dit-il en gardant son calme à grand-peine. Je suis sûr que ta présence va beaucoup accélérer la restauration du manoir.

Quand elle remonta ses lunettes de soleil sur le sommet de sa tête et fixa son regard bleu et franc sur Rafe, *Pembroke Manor* sombra aussitôt dans le néant. Les ouvriers et leurs machines, le loch aux eaux miroitantes et les sentiers grimpant à flanc de montagne disparurent. Ne restait plus qu'Angel.

— Ne parle pas, reprit-il d'une voix sourde. Sauf si c'est pour m'inviter à partager ton lit. C'est la seule chose que je désire entendre pour l'instant.

De la peur emplit ses yeux puis, soudain, elle eut l'air très doux. Vulnérable.

Stupéfait, Rafe découvrait une Angel totalement inconnue.

— Je ne peux pas, dit-elle avec un petit rire rauque.

Son aveu la sidérait elle-même, comprit-il.

— Je ne sais pas pourquoi, mais je ne peux pas, reprit-elle.

— De quoi as-tu si peur ? demanda-t-il d'une voix douce en fouillant son regard. Tu sais déjà que je te ferai jouir. La prochaine fois, tu crieras mon prénom.

Un halètement lui échappa, qu'elle essaya de transformer en rire surpris. Rafe n'essaya même pas de dissimuler l'intensité de son désir et, quand il vit Angel tressaillir et ses yeux s'agrandir, il s'en réjouit.

— Je dois m'en aller, chuchota-t-elle en reculant d'un pas.

L'étrange enchantement qui les avait réunis fut rompu d'un coup. Rafe eut de nouveau conscience du bruit, des ouvriers, du chantier, tandis qu'une atroce sensation de perte lui déchirait la poitrine.

Angel se retourna et s'éloigna sur la pelouse, mais elle buta au bout de quelques pas à cause de ses hauts talons. Sans réfléchir, Rafe la rattrapa pour l'aider à garder son équilibre. Puis, cédant au désir qui le tenaillait, il la souleva dans ses bras.

Tout en plongeant ses yeux immenses dans les siens, elle s'accrocha à ses épaules, mais sans protester. Rafe la serra alors contre lui et se dirigea vers la maison. Elle était si légère, si féminine… Une faim inouïe le dévorait, le transformant en une espèce de bête sauvage, constata-t-il avec un profond dégoût envers lui-même. Le cœur battant à tout rompre, il franchit le seuil du manoir, Angel toujours serrée contre lui.

Le symbole que revêtait ce geste ne lui échappa pas. Mais il ne s'agissait pas d'un mariage romantique, aussi la déposa-t-il lentement sur ses pieds. Lorsque le corps de la jeune femme glissa contre le sien, il faillit perdre le peu de sang-froid qu'il lui restait.

— A ce soir, fit-il d'un ton brutal.

Ce n'était pas du tout ce que Rafe aurait voulu dire. D'autant qu'il ne savait pas s'il survivrait à un nouveau dîner, avec ce désir bouillonnant en lui, qui lui coupait presque l'appétit. Rafe serra les poings. Tout contrôle semblait l'avoir déserté, alors qu'il avait promis…

Il respecterait sa parole. C'était capital.

— Tu devrais peut-être prendre le temps de songer à ce que tu veux vraiment, Angel, reprit-il d'une voix rauque. Parce que si tu continues à jouer avec le feu, il finira par nous brûler tous les deux.

Puis il se força à pivoter sur ses talons. Quand il entendit son prénom, il l'ignora, craignant de l'avoir rêvé.

— Rafe, répéta-t-elle d'une voix tremblante.

Cette fois, il était sûr de l'avoir entendue.

— S'il te plaît…

Rafe s'arrêta, mais ne put se résoudre à se retourner.

S'il la regardait, il doutait de pouvoir s'éloigner d'elle, en dépit de ses meilleures intentions.

— J'en ai assez de ce jeu, dit-il avec une pointe d'amertume. Je t'ai promis d'attendre, et je le ferai. Mais…

— Je ne veux pas jouer, Rafe.

Lorsqu'il se retourna, Rafe découvrit le reflet de son propre désir sur les traits d'Angel.

— Que veux-tu, alors ?

Le visage lumineux, les yeux étincelants, avec cette adorable roseur soulignant ses pommettes, elle le regarda en silence. Soudain, elle battit des paupières avant de redresser légèrement le menton, comme si elle luttait contre un adversaire invisible. Mais elle continuait à soutenir le regard de Rafe, avec cette franchise qu'il admirait chez elle depuis le premier instant.

— Toi, dit-elle.

Il sentit un torrent impétueux le parcourir, si violent qu'il menaçait de les emporter tous deux. Et quand Angel s'avança d'un pas vers lui, Rafe sentit son cœur s'emballer.

— C'est toi que je veux, murmura-t-elle. Seulement toi.

Puis, après s'être haussée sur la pointe des pieds, elle prit son visage entre ses mains et l'embrassa.

9.

Tout d'abord, Rafe resta si immobile qu'Angel crut qu'il allait la repousser. Mais, brusquement, tout sembla exploser en un bouquet lumineux de couleurs et de sensations.

Après avoir glissé les mains dans ses cheveux, il répondit à son baiser avec fougue. En un éclair, il avait repris le contrôle. Il prenait possession de sa bouche, il demandait, exigeait. Il l'embrassait comme si leur vie en dépendait, tandis que son goût délicieusement viril, le merveilleux goût de Rafe, enivrait Angel.

Peu importait qu'ils soient au milieu du hall. Elle songea bien que n'importe qui aurait pu arriver et les surprendre, mais elle s'en moquait. Des sensations exquises et inconnues déferlaient en elle, et elle se repaissait de chacune d'entre elles. La perfection de la bouche de Rafe sur la sienne. La force de ses mains qui la serraient contre lui tandis que sa bouche dévorait la sienne. Ce corps puissant et musclé pressé contre le sien. Qu'elle pouvait toucher, caresser. Enfin.

Les vêtements la gênaient. Les siens et ceux de Rafe. Ses seins réclamaient l'attention de ses mains expertes, de sa bouche. Tout son corps le réclamait, fondait, se réjouissait.

— J'en veux davantage, dit-elle soudain.

Rafe laissa échapper une plainte rauque, puis la souleva de nouveau dans ses bras comme si elle ne pesait pas plus qu'une plume, et se dirigea vers l'escalier d'un pas déterminé. Soudain, une sandale tomba sur le sol pavé avec un bruit sec. L'autre la rejoignit une seconde plus tard. Rafe était si fort ! songea Angel en frissonnant à la pensée de ce corps viril complètement nu. Elle l'imagina au-dessus d'elle, en elle, et ne put retenir un halètement.

Elle était enfin contre lui, tout contre lui. Elle pouvait enfin le toucher. Les yeux rivés aux siens, Rafe gravit l'escalier monumental tandis qu'Angel posait les lèvres sur sa joue, effleurant ses cicatrices. Elle le sentit se raidir légèrement, puis respirer plus vite. Une fois arrivé sur le palier, il tourna la tête vers elle et reprit sa bouche en un baiser presque désespéré. Angel y répondit avec fièvre et Rafe se remit en marche sans quitter ses lèvres.

Lorsqu'il pénétra dans sa suite, où Angel n'était jamais entrée, elle eut une vague impression d'espace, de meubles anciens et de tapisseries aux teintes mordorées suspendues aux murs. Rafe la déposa au milieu du grand lit, puis la couvrit de son corps.

Enfin, songea de nouveau Angel alors qu'il reprenait sa bouche avec ardeur, tout en pressant son érection contre sa féminité. La chaleur inonda Angel tandis que l'impatience de Rafe la faisait frémir de désir.

Soudain, il se redressa et fit passer son haut par-dessus sa tête avant de le laisser tomber au sol. Et quand il darda son regard avide sur ses seins, à peine couverts de satin et de dentelle framboise, elle se mit à trembler de tout son corps.

Lorsqu'il pencha la tête et prit un téton entre ses lèvres, à travers le tissu, Angel creusa les reins en laissant échapper un long gémissement. Ensuite, elle remarqua à peine qu'il lui ôtait son soutien-gorge et, bientôt, sa bouche brûlante s'occupa de ses seins tour à tour, les taquinant, les tourmentant, tandis qu'elle haletait et se cambrait sous ses caresses.

Soudain, Rafe se redressa de nouveau et déboutonna rapidement sa chemise avant de s'en débarrasser d'un geste vif. Quelques instants plus tard, il avait ôté pantalon et chaussures. Mais, lorsqu'elle voulut l'imiter, il l'en empêcha.

Il se tenait devant elle, dans sa sublime nudité, et Angel

perçut vaguement le son de sa voix. Mais elle était tellement fascinée par son corps qu'elle avait l'impression de rêver. Tout en lui était magnifique : ses épaules larges et musclées, son torse aux proportions parfaites, son ventre plat et ferme… Des cicatrices marquaient également sa poitrine, mais elles ne faisaient que souligner sa virilité.

Et lorsque Angel baissa les yeux sur sa superbe érection, elle sentit une chaleur délicieuse se répandre entre ses cuisses.

Elle avait envie de le toucher partout. Elle voulait découvrir le goût de tout son corps. Se repaître de son odeur. Elle désirait tout découvrir de Rafe.

Lentement, il s'agenouilla sur le lit et fit glisser son jean avant de lui retirer son string avec la même lenteur.

A présent, ils étaient nus tous les deux. Quand son regard gris se souda au sien, Angel déglutit, soudain gagnée par une panique affreuse. Comme si Rafe l'avait perçu, il fit glisser ses paumes sur ses cuisses tandis qu'elle retenait son souffle. Peu à peu, la panique céda. Il n'y avait plus que la chaleur délicieuse et les mains de Rafe sur son corps…

— Rafe…

Il se pencha et posa sa bouche là où frémissait le désir d'Angel, léchant les plis intimes avec un art redoutable.

C'était comme mourir, songea Angel, mais de la façon la plus merveilleuse qui soit. Puis, soudain, toute pensée déserta son cerveau.

Les caresses de Rafe l'incendiaient tout entière. Il se servait de ses lèvres, de sa langue, et même de ses dents pour lui donner du plaisir. Il se servait de ses belles mains, aussi. Et quand elle se mit à haleter de plus en plus fort sous cette torture divine, il se redressa.

Les mains agrippées au couvre-lit, les jambes passées autour du cou de Rafe, Angel le regarda d'un air implorant.

— La prochaine fois que tu diras mon prénom, fit-il d'une voix terriblement rauque, je veux que tu le cries.

Et quand il la lécha de nouveau au plus intime de son corps, Angel s'abandonna à la jouissance et obéit à Rafe.

Lorsqu'elle rouvrit les yeux, il remontait lentement le long de son corps, y déposant une pluie de baisers brûlants.

Il se glissa sur elle, entre ses cuisses, et durant quelques instants elle le regarda, fragile et vulnérable. Rafe le perçut, elle en était certaine.

Puis il bougea lentement, l'embrasant de nouveau tout entière. Lorsqu'il la pénétra, elle sentit une vague de plaisir monter du plus profond de sa féminité, alors qu'elle venait de jouir, à peine quelques instants plus tôt. S'accrochant à ses puissantes épaules, Angel s'accorda au rythme qu'il instaurait. Son corps semblait appartenir à Rafe. Il se soumettait au moindre changement d'allure, comme si leurs deux corps se connaissaient depuis toujours. Comme s'ils se retrouvaient après une longue séparation.

Rafe donna un coup de reins plus vigoureux, et elle creusa les reins pour mieux l'accueillir. Et lorsque, de façon inattendue, il sourit, Angel crut que son cœur allait s'arrêter de battre.

Il la regarda un instant, puis avança les hanches pour la pénétrer au plus profond avec une lenteur exquise, presque insupportable. Un peu plus tard, quand il accéléra le rythme de ses poussées, Angel le suivit aussitôt. Rafe glissa les bras sous son corps et la serra contre lui tandis que ses hanches bougeaient de plus en plus vite, attisant encore le brasier qui la consumait. Et cette fois, lorsqu'elle sombra dans la jouissance, Rafe s'y abandonna avec elle.

Ils firent l'amour tant de fois cette nuit-là et au cours des jours suivants qu'Angel perdit toute notion du temps. Du monde. De tout ce qui n'était pas Rafe.

Elle ne se lassait pas de découvrir son corps magnifique, de s'ouvrir au plaisir incroyable que Rafe lui faisait ressentir, aux caresses fabuleuses qu'il lui prodiguait, encore et encore. Ils semblaient ne pouvoir se rassasier l'un de l'autre, ni assouvir le désir qui les consumait.

Angel évoluait dans une sorte de brouillard merveilleux. Rafe la contemplait comme si elle était un trésor, comme si elle était parfaite. Il la touchait avec vénération. Il lui faisait l'effet d'une drogue, et il était son mari. Une sensation inconnue commença à germer en elle au fil des jours, des nuits, à mesure qu'ils s'aventuraient de plus en plus loin dans leur découverte réciproque. Cette sensation était gaie, vive, bouillonnante. Elle semblait se refléter dans les traits de Rafe quand elle le regardait, quand elle l'embrassait, et que sa bouche sévère s'adoucissait, comme si lui aussi la ressentait.

Au bout de quelque temps, Angel fut bien obligée de reconnaître que cette sensation portait un nom : l'espoir.

Presque deux semaines s'écoulèrent avant qu'elle ne se soucie de vérifier ses e-mails. Lorsqu'elle s'installa sur son lit avec son ordinateur portable, elle se rendit compte que quelque chose avait changé en elle. Quelque chose d'intangible mais de profond : une part d'elle-même semblait avoir été effacée.

En vivant au plus près de Rafe, en partageant cette délicieuse intimité avec lui, leur mariage lui avait paru réel. Soudain, elle eut même l'impression d'avoir désiré cette vie avant même de le savoir.

Elle se sentait devenue une autre. Elle se sentait *pure*.

Le cœur parcouru de frissons étranges, Angel ouvrit sa messagerie et vit plusieurs courriels d'Allegra. Dans les plus anciens, elle la questionnait à propos de Rafe et de l'endroit où elle se trouvait. Le dernier était plus long.

Je ne sais pas si tu as envie d'apprendre ça alors que tu es en train d'explorer les étendues sauvages d'Ecosse avec ton mystérieux comte, Angel, mais j'ai reçu la visite de Chantelle. Elle m'a donné un chèque assez important (quinze mille livres !) en disant des tas de choses incompréhensibles à propos de factures. Rassure-moi, il ne s'agit pas de *tes* factures ? Elle n'a tout de même pas...

L'ancienne Angel se serait répandue en injures contre Chantelle. Mais la nouvelle n'en voyait pas l'utilité. Se révolter ne changerait rien à la situation, alors à quoi bon ?

> Si, elle l'a fait ! C'est quand même gentil de sa part d'avoir fait un geste envers toi. Cependant, ne t'y trompe pas, ce n'était que cela : un *geste*.
>
> De mon côté, ça m'est égal, à présent. Et comme je suis sûre qu'elle te doit au moins ça, garde-les.

Allegra répondit aussitôt :

> Au fait, que devient la pauvre Izzy ? Personne ne l'a vue depuis cette fameuse scène, le soir de mes fiançailles. Il va falloir que tu reviennes : apparemment, rien ne va plus à Londres quand tu n'es pas là !

Angel contempla ces lignes pendant un long moment. Elle ne se comportait pas très bien avec Izzy, reconnut-elle, un peu honteuse. Ayant passé toute ladite soirée concentrée sur Rafe, elle ne savait même pas à quelle scène Allegra faisait allusion. Avec Izzy, tout était possible. Elle s'était sans doute fait remarquer d'une façon ou d'une autre, comme d'habitude. Pour la première fois, Angel s'interrogea sur les véritables motivations d'Izzy. Elle-même était bien placée pour savoir que grandir avec une mère comme Chantelle n'était pas facile…

> Izzy est une survivante, Allegra. Elle s'en sortira, c'est un trait de famille. On peut dire ce qu'on veut sur Chantelle, elle réussit toujours à retomber sur ses pieds, n'est-ce pas ? Eh bien, Izzy fera comme elle.

Mais après avoir envoyé sa réponse, Angel ne put s'empêcher de penser à sa demi-sœur et de se demander ce qu'il lui était arrivé. Cela ne ressemblait pas à Izzy de disparaître ainsi, aussi longtemps. Si elle-même avait tourné une nouvelle page de sa vie, sans l'avoir vraiment prévu, pourquoi sa sœur n'en ferait-elle pas autant ?

— Comment va le monde extérieur ? demanda Rafe depuis le seuil de la chambre.

Angel sursauta avant de se tourner vers lui en souriant.

— Comme d'habitude, dit-elle en refermant son ordinateur. Il se porte très bien sans moi.

Elle regarda Rafe, immobile à l'entrée de la pièce. Il semblait hésiter à entrer dans la chambre qui avait été celle de sa mère. Quel genre de femme avait été cette dernière ? s'interrogea de nouveau Angel.

— Pas moi, dit-il de sa belle voix grave en s'avançant lentement vers le lit.

Quand il s'arrêta, Angel se redressa, puis elle pencha la tête en arrière et offrit sa bouche à Rafe. Il la prit en un baiser si charnel, si brûlant qu'elle sentit tout son corps palpiter de désir. Encore. *Toujours*, murmura une petite voix au fond de son esprit.

Puis les mains de Rafe se refermèrent sur son corps et la petite voix s'évanouit.

Rafe attendait que la fièvre retombe, que le feu s'éteigne, mais au contraire ils ne faisaient qu'empirer. Plus il possédait Angel, plus il la désirait. Incapable de résister, il lui faisait l'amour partout : sur la table de la salle à manger, comme il l'avait fantasmé ; dans les bois, là où il l'avait retrouvée au petit matin ; dans la galerie, sous le regard sévère de ses ancêtres…

A présent, il connaissait les moindres nuances des soupirs d'Angel ; il savait ce que chacun signifiait, la force du plaisir qu'elle trahissait, et ce qu'il fallait faire pour l'attiser, l'exacerber. Il ne se lassait pas d'explorer son corps fabuleux. Il commençait même à se demander s'il s'en lasserait jamais. Angel l'obsédait, même quand elle ne se trouvait pas à proximité de lui. Il l'avait dans la peau.

Ce soir, après avoir dû la quitter pour répondre à un coup de fil, il la retrouva dans la bibliothèque comme il s'y attendait. S'arrêtant devant son fauteuil, il lui tendit la main. Elle leva les yeux vers lui, bleus et immenses, et il ne put s'empêcher de sourire en sentant une chaleur lumineuse l'envahir.

Comme chaque soir, elle s'était habillée pour le dîner et portait ce jour-là une robe d'un somptueux rouge bordeaux. Bordé d'une sorte de ruché qui descendait de l'épaule et courait jusqu'à ses pieds, le décolleté exposait la peau claire de sa gorge. Le résultat était élégant et osé à la fois. Angel était terriblement appétissante, comme toujours. Son parfum léger et fleuri l'auréolait, et son regard intelligent pétillait.

— Viens, dansons, murmura-t-il.

C'était les paroles mêmes qu'elle lui avait adressées à Santina, se rappela-t-il. Elle sourit : elle s'en souvenait aussi. Puis elle glissa sa main dans la sienne et le laissa l'attirer vers lui.

Ils dansèrent, traçant de grands cercles autour du majestueux globe qui trônait au centre de la bibliothèque. Cette fois, ils restèrent silencieux, évoluant à l'unisson comme s'ils entendaient une mélodie qui guidait leurs pas sur les vieux tapis.

Rafe la tenait dans ses bras comme si elle était son bien le plus précieux. Mais, soudain, il s'aperçut qu'elle pleurait.

— Qu'y a-t-il ? demanda-t-il en s'immobilisant aussitôt. Qu'est-ce qui ne va pas ?

Le monstre avait-il frappé sans qu'il ne s'en rende compte ?

— Rien, dit-elle en riant et en s'essuyant les yeux. C'est seulement… Je ne pleure jamais !

— Je t'avais prévenue : je suis un piètre danseur, chuchota-t-il en lui caressant le dos.

Mais quand il vit de nouvelles larmes rouler sur ses

joues, Rafe ne put le supporter, même s'il devinait qu'Angel ne souffrait pas vraiment.

Il l'entraîna vers le fauteuil en cuir et l'installa sur ses genoux, puis essaya de la réconforter en déposant des petits baisers sur son visage, son cou.

— Ce n'est pas la danse, dit-elle à travers ses larmes. Ce n'est pas toi. Je ne suis même pas triste !

— Qu'y a-t-il, alors ?

Mais elle ne répondit pas. Elle pleurait, secouée de gros sanglots tandis qu'elle se blottissait contre lui. Alors, cédant à une pulsion inconnue, Rafe se mit à murmurer des mots apaisants, tout en continuant à baiser sa peau nue.

Peu à peu, ses sanglots s'estompèrent, puis cessèrent tout à fait. Il glissa alors les mains dans ses cheveux et l'embrassa. Lentement, langoureusement.

Lorsqu'il redressa la tête et la regarda, ses yeux étaient encore humides, mais l'orage avait passé. Il essuya sous son pouce les larmes accrochées au bord de ses cils, et quelque chose naquit entre eux. Quelque chose d'intense, de chaud, qui n'avait rien à voir avec le désir qui les embrasait d'habitude.

— Rafe, murmura-t-elle.

Saisi par une sorte de vertige, il l'embrassa de nouveau tandis qu'une sensation intense, trop intense, l'envahissait. Et lorsqu'il écarta ensuite son visage du sien, Rafe sourit comme un idiot, sans même savoir pourquoi.

— Tu ne devrais pas me regarder comme ça, dit-il d'une voix rauque. Dieu sait ce que je pourrais faire…

Il s'interrompit, émerveillé par l'expression qui irradiait des traits d'Angel. Ses yeux avaient la couleur des ciels d'été, et son sourire lui donnait envie d'être l'homme qu'elle voyait en lui, quel qu'il soit.

A cet instant, elle tendit la main et lui repoussa une mèche de cheveux du front, sans cesser de sourire. Mais, à présent, il y avait une tendresse incroyable dans l'expression qui éclairait son visage. Et, dans ses yeux, des larmes scintillaient de nouveau.

— Tu peux faire tout ce que tu veux, dit-elle avec une douceur inouïe. Je t'aime.

Rafe se figea tandis qu'un froid glacial se propageait en lui.

10.

Angel se figea soudain. Rafe s'était raidi et, sans dire un mot, il se leva en la soulevant dans ses bras. Puis il la déposa sur ses pieds avant de s'éloigner de quelques pas.

Elle n'aurait pas dû prononcer ces mots, se reprocha-t-elle en restant immobile. Elle ne savait même pas pourquoi elle l'avait fait.

— Qu'est-ce que tu viens de dire ? demanda-t-il.

Sa voix était affreusement distante, dénuée de toute chaleur. C'était la même que celle qu'il avait prise lorsqu'elle s'était approchée de lui, au palais Santina. Et son regard était de glace.

Il lui faisait penser à une statue de pierre, hermétique, inaccessible. Rafe s'était réfugié dans sa citadelle, comprit Angel. En l'espace d'un instant, il était redevenu un étranger.

— Tu le sais très bien, répliqua-t-elle avec calme. Je ne voulais pas le dire, mais cela m'a échappé.

Comme les larmes qui avaient coulé malgré elle, un peu plus tôt. Jamais elle n'avait fondu ainsi en pleurs, sanglotant tout son soûl. Il y avait alors eu une telle douceur dans les yeux de Rafe, un tel sourire sur sa bouche au pli d'habitude dur et amer.

Soudain, Angel se sentit dépassée par toutes les émotions qui se bousculaient en elle.

— Notre arrangement est très clair, dit Rafe.

Son regard était d'un gris métallique, sa bouche serrée.

— Je suis tout à fait conscient de ce que j'ai acheté,

poursuivit-il. Tu devrais être tout aussi consciente de ce que tu as vendu.

Angel eut l'impression qu'il l'avait giflée. Sur le moment, elle se trouva incapable de parler et, lorsqu'elle voulut lisser sa robe sur ses cuisses, elle remarqua que ses mains tremblaient. Soudain, elle se maudit de s'être habillée pour le dîner. De croire à la magie et aux miracles. De s'être laissée aller à *espérer*.

La colère l'envahit, dirigée contre elle-même. Mais sous cette colère, une émotion plus sombre frémissait, proche du désespoir et menaçant de la submerger.

— Si tu sous-entends par là que je suis une prostituée, Rafe, vas-y, dis-le, repartit-elle en s'efforçant de garder un ton détaché.

— Tu t'es vendue pour de l'argent, rappela-t-il.

Angel déglutit en feignant de ne pas être affectée par le mépris qui sourdait de sa voix doucereuse.

— Il n'est pas permis de t'aimer ? demanda-t-elle. Pourtant, je ne me souviens pas d'avoir signé une telle clause.

Le visage de Rafe s'assombrit tandis que ses yeux prenaient une nuance encore plus glaciale. Angel se sentit alors déchirée entre le désir d'aller vers lui et de le prendre dans ses bras pour le réchauffer, et celui de fuir. De *le* fuir.

— Crois-tu que je ne comprends pas ce qu'il se passe ? demanda-t-il. Je ne veux pas de cela, Angel, je te l'ai déjà dit.

— De quoi parles-tu, exactement ? riposta-t-elle. Que crois-tu qu'*il se passe* ?

— Je sais ce que j'ai signé, et cela n'implique ni larmes attendrissantes ni déclaration d'amour, répondit-il d'un ton brutal. Cela ne marchera pas. Tu m'entends ? Tu ne peux pas me manipuler ainsi. *Je t'ai achetée*. Je ne l'oublie jamais et tu ferais bien de m'imiter.

Chaque mot atteignit Angel comme un coup de poing, surtout après les instants délicieux qu'ils avaient partagés au cours des semaines précédentes. Elle souffrait si cruellement qu'elle craignit de s'effondrer sur place, devant Rafe.

Mais elle redressa les épaules et lui fit face en refoulant la souffrance qui l'étouffait. Peut-être aurait-il mieux valu plier, renoncer, songea-t-elle confusément. Laisser cet ouragan passer, puis reprendre ses esprits et retrouver son attitude désinvolte. Elle pourrait se comporter avec Rafe comme elle le faisait d'habitude, riant et souriant comme si de rien n'était.

Mais Angel ne parvenait pas à se rendre. Elle n'y arrivait plus. L'enjeu était trop important. Après avoir entrevu ce que leur mariage pourrait être, elle désirait le vivre pleinement.

Elle désirait tout de Rafe.

— Je dois avoir mal compris, dit-elle. Je croyais que nous avions contracté une union à intérêt réciproque : un mariage.

— Oui, un mariage, lui jeta-t-il avec hauteur. Et quel mariage ! Je suis un tel monstre que j'ai été obligé de m'acheter une épouse, une femme mue par l'appât du gain ! Belle union, en effet ! Nous avons vraiment de la chance.

— Tout cela parce que je t'ai dit que je t'aimais, répliqua Angel. Ta réaction est un peu extrême, tu ne crois pas ?

— Je ne veux pas de ton amour.

Elle tressaillit : sa voix avait lacéré l'air, comme un coup de fouet. Et quand il se rapprocha, si sombre et si grand, elle aurait dû avoir peur de lui. Mais il n'en fut rien. Elle ne ressentit que de la tristesse : elle ne pouvait même pas tendre les bras et l'attirer contre elle.

— Je veux que tu te montres complaisante, reprit-il d'un ton dur. Je veux que tu me donnes un héritier. Ton amour, tu peux le garder pour toi !

A ces mots, il se retourna et se dirigea vers la porte. Il estimait sans doute que tout était dit, songea Angel avec horreur. Quelque chose se brisa en elle, lui déchirant la poitrine.

Elle repensa à son attitude hautaine et dominatrice, le soir des fiançailles d'Allegra. En s'imaginant passer toute sa vie avec cet homme, elle eut envie de hurler. A quoi ressemblerait son existence lorsqu'elle serait plus âgée, que son corps aurait changé à chaque grossesse, et qu'elle ne serait plus attirante aux yeux de Rafe ?

A quoi rimerait de l'aimer, de façon stupide et désespérée, en sachant qu'il ne l'aimerait jamais en retour ?

Angel n'y arriverait pas. Après l'avoir vu rire et sourire, avoir cerné l'homme qui se dissimulait sous cette façade austère et froide, elle ne pourrait jamais se contenter de moins.

— Non ! lança-t-elle.

Sa voix résonna dans le hall.

— Il n'y a rien à discuter, riposta Rafe en se retournant vers elle.

Il la fixa de son regard arrogant et intimidant.

— Aucun débat n'est possible sur ce point.

— Tu peux faire toutes les déclarations que tu voudras, ça ne fonctionnera pas.

— Nous nous sommes mis d'accord…

— Je m'en moque ! l'interrompit-elle en haussant les épaules.

L'espace d'un instant, il eut l'air complètement ahuri.

— Je sais que, toi aussi, tu ressens quelque chose pour moi, poursuivit Angel. Tu ne peux pas faire comme si cela n'existait pas, au prétexte que cet… ce quelque chose ne cadre pas avec ta conception de la relation que nous sommes supposés entretenir.

— Ce que je ressens pour toi n'est que la forme la plus élémentaire du désir sexuel, jeta-t-il brutalement. Et un soulagement immense de ne pas avoir eu à te courtiser, comme j'aurais été contraint de le faire si tu ne t'étais pas trouvée dans une situation inextricable. Tu représentes une commodité pour moi, Angel. Rien de plus.

Elle se persuada que ses paroles n'avaient pas d'importance, parce qu'il l'attaquait délibérément. Que si elle refusait de souffrir, elle ne souffrirait pas. Mais elle sentit néanmoins une vague de nausée lui monter aux lèvres.

— Je sais que ce n'est pas vrai.

En réalité, Angel *espérait* que cela ne soit pas vrai. Cependant, elle resta droite, les poings serrés, soutenant le regard de Rafe. Il la contemplait de ses yeux gris et froids, mais sous cette froideur elle sentait la colère frémir. Il avait du mal à la contenir, ce qui prouvait qu'il n'était pas aussi maître de lui qu'il prétendait l'être.

— Qu'aimes-tu donc, Angel ? demanda-t-il d'une voix acérée. Mon visage ? Je sais à quoi il ressemble. A moins que ce ne soit le monstre tapi en moi qui t'attire ? L'être malfaisant que sa propre famille a méprisé dès son plus jeune âge ? Celui qui a réussi à survivre alors que tous ses amis ont été réduits en lambeaux autour de lui. Est-ce lui que tu aimes ? Ou est-ce plutôt mon séduisant compte en banque ?

— Tais-toi…

Elle avait si mal pour lui que c'en était insupportable. Les yeux étincelant de fureur, Rafe se rapprocha de nouveau d'elle, d'une démarche presque maladroite.

— Franchement, que crois-tu qu'un homme comme moi puisse ressentir envers une épouse qu'il a *achetée* ? Une femme qui s'est présentée à lui en annonçant qu'elle recherchait un mari fortuné ?

Il leva la main au ciel, d'un geste à la fois impuissant et rageur.

— Ç'aurait pu être n'importe qui ! s'exclama-t-il. Et c'est tombé sur moi. Alors, pardonne-moi si le mot *amour* n'est pas le premier qui me vient à l'esprit !

Elle sembla vaciller légèrement tandis que des taches rouges marquaient ses hautes pommettes, mais elle ne recula pas. Elle redressa les épaules, laissant deviner sa poitrine sous le tissu bordeaux.

C'était son rôle, n'est-ce pas ? songea Rafe avec cynisme. D'être une tentation constante, de le provoquer sans cesse.

A cet instant, elle leva les yeux vers lui, comme si elle

avait deviné ses pensées. Elle semblait prête à se battre. Il se demanda s'il haïssait ou admirait son courage. En tout cas, il ne pouvait supporter l'orage qui rugissait en lui. Et c'était la faute d'Angel. Tout était sa faute.

— Tu es tellement lâche, Rafe, dit-elle après quelques instants.

Les mots avaient jailli de sa belle bouche sensuelle, comme si elle n'avait pu les retenir. L'orage se mua en une coulée de lave brûlante.

— Répète ce que tu as dit, s'il te plaît, fit-il d'une voix blanche.

— Un lâche, tu es un *lâche*. Je le pense vraiment.

— Oui, bien sûr ! riposta-t-il en éclatant d'un rire creux.

Rafe sentit une chaleur infernale envahir tout son être, menaçant de lui faire perdre tout contrôle. Il était trop furieux pour la retenir.

— Je suis même *le pire* des lâches ! Et c'est sans doute pour cela que l'on m'a décerné la Croix de Victoria : la plus haute distinction militaire de l'armée britannique.

Si sa femme fut ébranlée par ses paroles, elle n'en montra rien. Elle ne parut pas non plus impressionnée par la décoration qu'il avait acceptée avec tant de réticence. Ses yeux bleus avaient pris une teinte foncée, presque outremer, et en dépit de sa colère Rafe détesta ce changement. Il voulait que leur belle teinte azur revienne.

— Tu te caches dans cet endroit perdu, répliqua-t-elle avec détermination. Tu *veux* être le monstre que tu décris. Tu adores te lamenter sur ton sort, tu te vautres dans l'apitoiement sur toi-même. Cela te permet de rester dans ton vieux manoir, sans même avoir à confronter tes certitudes à la réalité.

— Parce que tu n'as jamais vu mes cicatrices, bien sûr, lança-t-il d'un ton sarcastique. Tu dois être une sainte, Angel, pour rester aveugle à ce qui crèverait les yeux à tant d'autres. Je suis sûr qu'il s'agit de ta bonté naturelle, et que cela n'a rien à voir avec ma fortune.

— Je me fiche de ton argent ! s'écria-t-elle, les yeux étincelants. Complètement ! C'est toi que je…

— Epargne-moi cette comédie, l'interrompit-il d'un ton sec.

Sans s'en rendre compte, il s'était rapproché d'elle, si près qu'il sentit son parfum fleuri et délicat. Soudain, il ne sut plus qu'une chose : il la désirait. Même maintenant.

— Tu peux partir ou rester, Angel, mais si tu restes, ce sera aux conditions que j'ai rappelées tout à l'heure. Nous ne vivons pas une relation amoureuse. Tu n'es pas ma maîtresse. Au mieux, tu es une employée.

— Tu veux dire que je suis une pondeuse, c'est ça ? riposta-t-elle, livide.

— Jusqu'à présent, tu n'es même pas cela, lança-t-il méchamment. Tu m'as coûté beaucoup d'argent, mais je n'ai rien obtenu en retour.

Ses yeux s'assombrirent encore, ressortant trop sur son visage blême. Rafe se comportait comme le pire des salauds, il le savait, mais il ne pouvait s'en empêcher. Angel avait prononcé les mots qu'elle n'aurait même jamais dû *penser*, ceux qu'il ne pourrait jamais croire ni accepter. Ils résonnaient dans son esprit, de plus en plus fort.

Je t'aime.

Ces mots atroces lui faisaient l'effet d'une malédiction.

Tous ceux qui l'avaient aimé étaient morts. Lui seul était resté. Rafe savait ce que cela signifiait. Il l'avait toujours su.

— Tu mens, chuchota-t-elle. J'ai vu l'expression de ton visage quand nous avons dansé ce soir. J'ai vu ce que tu ressentais. Pourquoi refuses-tu de l'admettre ? De quoi as-tu peur ?

Il n'avait pas peur, songea-t-il en refoulant sa colère. Il était vide. Pourquoi ne le voyait-elle pas ? Il l'avait toujours été, toute sa vie.

— Rafe, insista-t-elle en posant la main sur son bras.

Il se raidit mais ne bougea pas.

— Nous pouvons faire ce que nous voulons de ce mariage. Nous pouvons…

— Tu t'égares, Angel, l'interrompit-il d'un ton froid et amer. Nous ne sommes pas des partenaires égaux. Nous ne sommes même pas des partenaires du tout.

— Mais nous *pourrions* l'être !

La passion illuminait ses traits, une détermination farouche se lisait au fond de ses yeux. L'espace d'un instant, Rafe faillit se laisser entraîner par la force qui émanait d'Angel. Il le souhaita, avec une force qui le terrassa presque. Puis il se ressaisit.

— Pour quoi faire ? demanda-t-il en s'écartant d'elle.

Le bras d'Angel retomba.

— Je t'ai dit ce que j'attendais de toi, Angel. Tu as signé des documents. Alors, je ne vois pas pourquoi nous discutons encore.

— Parce que j'en veux davantage, dit-elle d'une voix rauque.

Dans ses yeux, il n'y avait plus que tristesse. Mais une lueur d'espoir résistait. Rafe la connaissait bien : c'était la pire de toutes. Il aurait voulu ne pas la voir. Elle était trop tentante. *Angel* était trop tentante.

— Et je crois que, toi aussi, tu en désires davantage, quelque part, au fond de toi, poursuivit-elle.

— Tu ne sais rien de moi, Angel, répliqua-t-il d'une voix suave. Mais moi j'en sais *trop* sur toi. Quel genre de partenaire crois-tu que tu pourrais être, dis-moi ? Tu as réussi à t'endetter à hauteur de cinquante mille livres en deux mois. Tu vis au jour le jour, tu ne possèdes aucun diplôme, aucune éducation. Rien que de la bravade. Qu'as-tu à m'offrir ?

Le silence envahit la bibliothèque. Rafe n'entendait même pas Angel respirer. Elle posa une main sur sa gorge, comme si elle vérifiait son pouls. Ou comme si elle était blessée. Ses yeux étaient humides mais elle ne pleura pas. Rafe se haït alors avec une force qui dépassa toute la haine qu'il avait ressentie envers lui-même durant toute sa vie.

— Félicitations, dit-elle d'une voix sourde. Je crois que tu as enfin atteint ton but : me faire te détester.

— C'est aussi important que l'amour, riposta-t-il avec un rire bref et dur.

Elle secoua la tête en silence.

— Si cela ne te plaît pas, Angel, tu connais le chemin de la sortie. Tu l'as déjà emprunté — tu te souviens ? Je te le répète : tu es libre de partir. Je ne ferai rien pour t'en empêcher.

Elle se tenait si droite, si fière… Et lorsqu'elle inspira, comme pour garder son équilibre, Rafe se fit violence pour ne pas s'avancer vers elle. Elle devait comprendre. Elle devait *voir* quel genre d'homme, quel monstre il était vraiment.

Durant quelques instants, elle resta immobile, anéantie, et Rafe se dit qu'il avait remporté une victoire. Mais, en même temps, il désirait tant la toucher ! La réconforter, la serrer contre lui et l'empêcher de dire ces mots terribles, ces mots destructeurs. Il voulait qu'ils recommencent comme avant, avant qu'elle ne les ait prononcés.

Il se détourna en un mouvement brusque, puis traversa la bibliothèque en direction de la porte.

— Je comprends enfin ce que tu cherchais à me dire depuis longtemps, dit-elle derrière lui.

— Parfait. Il était temps, répliqua-t-il sans se retourner.

S'il l'avait fait, il n'aurait pu s'en aller.

Il entendit le bruissement de sa robe et serra les paupières dans l'espoir que cela lui redonnerait des forces. Lorsqu'il les rouvrit, Angel le regardait, les yeux sombres, tourmentés, et il regretta les choses horribles qu'il lui avait lancées à la figure. Presque autant qu'il regrettait d'avoir cédé au désir de l'épouser.

Mais Angel était Angel. Si belle, et tellement plus que cela ! Elle le stimulait, lui faisant presque oublier qu'il était un être détruit, déchu. Elle le regardait comme un homme, tout simplement. Comment aurait-il pu lui résister ?

— Je comprends que ce ne sont pas tes cicatrices qui font de toi un estropié, dit-elle en le regardant dans les yeux. C'est la hideur que tu portes en toi.

Quand elle posa les mains sur sa poitrine, là où il aurait dû avoir un cœur, Rafe tressaillit. Mais elle ne retira pas ses paumes.

— Tu aurais aussi bien pu mourir avec les autres, Rafe, parce que tu n'es plus que l'un de tes fantômes. Tu hantes ce manoir, tu te hantes toi-même.

Une expression impuissante traversa son beau visage.

— Tu t'empoisonnes de l'intérieur, Rafe. Tu t'asphyxies.

Il voulut dire son prénom, mais aucun son ne franchit ses lèvres. Et quand elle s'écarta et se détourna avant de s'en aller, sans un regard en arrière, il se convainquit que c'était exactement ce qu'il désirait. Tout en sachant qu'il ne s'agissait là que d'un mensonge.

Angel ne réfléchit pas. Ce n'était pas la peine. Rester n'avait aucun sens. Il n'y avait plus aucun espoir.

Et elle en avait assez d'être aussi stupide.

Après avoir pris un petit sac de voyage dans l'un des placards de sa chambre, elle y fourra une tenue de rechange, quelques accessoires de toilette, son ordinateur et son téléphone.

Puis, après s'être changée, elle alla dans les cuisines et demanda à voir le chauffeur de Rafe. Quelques instants plus tard, celui-ci accepta aussitôt de la conduire à la gare la plus proche, sans lui poser aucune question.

Lorsque la voiture s'engagea dans la longue allée, Angel ne se retourna pas une seule fois. Elle regarda droit devant en se répétant que tout allait bien.

De toute façon, elle n'avait pas le choix. Elle survivrait, se dit-elle lorsque le chauffeur la déposa devant la gare du petit village endormi.

Oui, elle survivrait. Après tout, elle avait l'habitude.

11.

Longtemps après avoir entendu la voiture s'éloigner dans l'allée, Rafe se dirigea vers la chambre d'Angel.

En fait, c'était la première fois qu'il pensait à cette pièce comme étant la sienne. Pour lui, il s'était toujours agi de la *chambre de la comtesse.* Sans doute pour mettre de la distance entre sa femme et lui, reconnut Rafe.

Elle avait laissé presque toutes ses affaires, constata-t-il avec irritation. Sa robe bordeaux était étalée sur le lit, comme pour le torturer. Il saisit la robe entre ses mains et la porta à son visage avant de se repaître du parfum imprégnant encore le tissu. Aussitôt, son irritation disparut aussi vite qu'elle avait surgi.

Tout s'effacerait avec le temps. Le parfum d'Angel. Le souvenir d'Angel. *Angel.*

Rafe se dirigea vers les hautes fenêtres donnant sur les jardins et, dans l'obscurité, il distingua le contour sombre des nouveaux murs de l'aile. La construction prenait forme, exactement comme il l'avait prévu. Bientôt, *Pembroke Manor* aurait retrouvé son intégrité.

Quant à lui-même, il doutait fort de jamais redevenir lui-même.

Il se détourna et contempla le grand tableau dominant le mur du fond. C'était le portrait d'une femme aux longs cheveux brun foncé encadrant un visage ovale au regard profond, sérieux. Elle avait dû être séduisante. Peut-être même belle. En se forçant, Rafe réussit à voir la jeune fille qu'elle avait été au moment où le peintre avait reproduit ses traits. Elle devait avoir à peine vingt ans, à l'époque. Rien ne laissait alors entrevoir l'avenir qui l'attendait, ni le monstre qui sommeillait en elle.

— Il y a des portraits des membres de ta famille sur tous les murs, avait dit un jour Angel.

Sa tête avait été appuyée sur la poitrine de Rafe tandis qu'il caressait ses cheveux ondulés, dans les instants apaisés qui suivent la jouissance.

— C'est comme si on vivait constamment au cœur d'une réunion familiale, avait-elle continué. Comment fais-tu pour le supporter ?

A ce moment-là, la vue de son derrière rebondi, nu et ravissant, l'avait davantage intéressé que les vieux tableaux accrochés sur les murs du manoir. Surtout ceux de cette chambre.

— Je crois que je n'y fais plus attention depuis des années, avait-il répliqué en laissant descendre sa main sur la peau satinée de son dos. Ils font partie du décor, c'est tout.

Mais, en disant ces paroles, son regard était allé se poser sur le portrait qu'il n'avait jamais réussi à se résoudre à ôter ou à ignorer, en dépit de ses efforts. Pourtant, il s'était répété souvent qu'il faudrait l'enlever.

— Qui est-ce ? avait alors demandé Angel.

Rafe avait eu envie de mentir, de nier le lien existant entre lui et cette femme, comme si cela aurait pu effacer la douloureuse vérité.

— Ma mère, avait-il fini par répondre.

Angel avait levé ses yeux intelligents vers lui.

— Tu dois l'avoir beaucoup aimée, avait-elle dit.

Il avait attiré son visage vers le sien et l'avait embrassée longuement, parce qu'il était hors de question qu'il parle de sa mère. Surtout avec Angel qui comprendrait trop bien ce qu'il ne voulait pas dire. Qui verrait trop clairement l'amertume insondable qui le minait encore, des années après la disparition de sa mère.

A présent, seul face à son portrait, Rafe le scrutait

comme pour y trouver des indices, comme si la vérité se dissimulait dans les coups de pinceau, entre les couches de peinture. Il contemplait la ressemblance, les yeux sombres, les hauts sourcils, la couleur des cheveux dont il avait hérité. Oliver avait eu le même visage ovale, ce même teint de porcelaine et ces pommettes roses, typiquement anglais, alors que les traits virils et la peau plus mate de Rafe lui venaient de son père. Tous deux avaient eu la même taille et la même stature, tandis qu'Oliver avait été plus petit et plus rond, comme leur mère.

Et il avait partagé son penchant pour l'alcool.

De neuf ans plus âgé que Rafe, Oliver avait encouragé cette addiction, l'avait accompagnée, puis perpétuée. A moins que ce ne soit leur mère qui ait entraîné Oliver ? Quelle importance, puisque cette dépendance les avait tous deux menés à une fin horrible ?

— J'aurais voulu l'aimer, dit-il dans la chambre silencieuse en repensant à la question d'Angel. Mais je n'ai pas pu.

Il sentit une vague immense le submerger, l'emportant dans un maelström d'émotions qu'il ne put contrôler. Incapable de respirer, de résister, il revit les images horribles de son enfance déferler dans son esprit. Toute la méchanceté, les railleries, les insultes cruelles. Les longues nuits qu'il avait passées dans la bibliothèque de son grand-père, recroquevillé au fond du fauteuil en cuir, écoutant les manifestations bruyantes venant de l'extérieur en espérant que, cette fois, il s'en sortirait indemne.

Puis il se revit à quatorze ans, suppliant sa mère d'arrêter de boire, accablé par le mépris hautain d'Oliver qui souriait devant ses pauvres tentatives. Il revit son frère et sa mère dans le bureau de son père, complotant en buvant verre après verre. Ils étaient sans cesse en train de manigancer quelque chose. Ils se stimulaient l'un l'autre, exploitant leurs pires travers. Et sans le comte pour les contrôler, ils s'étaient trouvés emportés dans une spirale de plus en plus maléfique.

Lorsque Rafe était parti, à seize ans, il n'en pouvait

plus. Il les haïssait tous les deux, de toutes ses forces. Mais il ne les avait jamais haïs autant qu'il se haïssait maintenant lui-même.

Avec le recul, il avait compris que sa mère l'avait privé de toute affection parce qu'elle s'était laissé influencer par Oliver. Toutefois, ce n'était pas entièrement vrai. Sa mère s'était prise d'une véritable passion pour son premier fils si bien qu'il ne lui était plus rien resté pour le second. Elle n'aurait jamais dû le mettre au monde.

La vue de ses cicatrices l'avait réjouie, se rappela Rafe, tandis que les souvenirs de sa terrible convalescence lui revenaient à l'esprit. Dans l'explosion, il avait tout perdu : ses amis, son visage, la carrière et la vie qu'il s'était construite, loin de sa famille. A son retour à *Pembroke Manor*, sa mère et Oliver s'étaient beaucoup amusés à lui chercher des noms plus atroces les uns que les autres : Quasimodo, Frankenstein… Comme ils avaient ri !

Alors âgé de vingt-cinq ans, Rafe s'était senti incapable de vivre sans l'armée, sans ses amis. Quant à ce visage dévasté, détruit…

Sa mère et son frère lui avaient dit qu'il était un monstre, et il l'avait cru. Il le croyait encore.

Sans réfléchir, Rafe se dirigea vers le portrait et le souleva avant de le décrocher du mur. Assez. Assez de contempler ce visage en apparence si calme, d'y percevoir les traits qu'elle avait légués à Oliver. Assez de se souvenir que la personne qui aurait dû l'aimer le plus ne lui avait pas accordé une once d'affection.

Il s'avança vers le mur opposé et s'arrêta devant la haute cheminée, puis brisa le cadre sur son genou. Le bruit que fit le bois en se rompant lui procura un plaisir incroyable. Il aurait dû s'en débarrasser bien plus tôt, songea-t-il en regardant les flammes lécher le tableau démantelé.

Il était oppressé, comme s'il avait dévalé le flanc de la montagne en courant. Il pensa à la bouche d'Angel, à sa douceur, à sa chaleur, lorsqu'elle caressait les cicatrices de son visage, celles de son torse. Il avait fini par croire qu'elle les avait effacées par le seul effleurement de ses lèvres.

Le manoir était si vide. Rafe se sentait si vide. Passerait-il sa vie à moisir dans cet endroit désolé ? Sa mère et Oliver y étaient morts, amers et seuls, et désespérément alcooliques. Le même sort l'attendait-il ? Avait-il entrepris de restaurer la demeure de ses ancêtres pour y finir ses jours comme dans un mausolée, avant de se transformer lui-même en poussière ?

Tu aurais aussi bien pu mourir, parce que tu n'es plus qu'un fantôme, avait dit Angel tandis qu'elle le regardait de ses grands yeux assombris par la souffrance.

La souffrance qu'il lui avait infligée.

Rafe comprenait, maintenant. Une lumière naissait en lui, semblable à celle irradiant du sourire d'Angel. Elle se répandait dans tout son être. Il se rendait compte de l'existence lamentable qu'il menait au manoir, depuis des années. Il entrevoyait ce qu'il deviendrait s'il continuait dans cette voie. S'il continuait à écouter les voix des défunts au lieu de la femme pleine de vie qui avait osé lui tenir tête. Celle qui l'avait vraiment regardé, et accepté tel qu'il était.

Il ne pouvait réparer le passé, ni ressusciter son enfance heureuse ou s'inventer une mère aimante. Il ne pouvait pas restaurer le manoir pour prouver, à toute sa famille disparue, qu'il était digne de recevoir l'amour qu'ils lui avaient refusé.

Enfin, il comprenait qu'il avait vécu comme un fantôme, durant presque toute sa vie, et qu'Angel était la seule à avoir vu l'être humain en lui. Elle l'avait vu tout entier.

Et il l'avait rejetée.

Après avoir changé de train deux fois, Angel arriva enfin à Glasgow. Immobile et transie, elle avait passé des heures sur des sièges inconfortables, et maintenant elle savourait un café bien mérité dans la gare centrale, au milieu d'un va-et-vient incessant de voyageurs pressés.

A vrai dire, ce retour à la civilisation était plutôt brutal. Loin de l'imposant *Pembroke Manor*, elle s'était attendue à se sentir soulagée. Elle avait pensé se retrouver en territoire connu en rejoignant enfin la ville. Mais, en réalité, la beauté solitaire du loch et des hautes montagnes silencieuses lui manquait. Ainsi que l'air pur et transparent des matins frais.

Le manoir lui manquait.

Et surtout, Rafe…

Angel porta la tasse de café à ses lèvres en refoulant ses larmes. Le liquide brûlant était tellement insipide, comparé au goût délicieux de celui de *Pembroke Manor…* Elle en avala néanmoins de longues gorgées en se fustigeant. Elle avait vécu vingt-huit ans sans Rafe et son fichu café venant des plantations de son auguste famille, alors elle se passerait fort bien des deux !

Il fallait qu'elle se ressaisisse, s'ordonna-t-elle. Mais quand elle tourna les yeux vers l'immense tableau des départs, les larmes brouillèrent sa vision. Battant précipitamment des paupières, elle repéra le prochain train pour Londres. Durant le trajet, elle aurait le temps de penser à ce qu'elle ferait en arrivant là-bas, se dit-elle pour se rassurer. Le plus important, c'était de quitter l'Ecosse, de mettre le plus de distance possible entre elle et Rafe.

Au-dessus de sa tête, la pluie tambourinait sur l'immense verrière couvrant la gare. Réprimant un frisson, Angel termina son café, puis se dirigea vers le quai où était stationné son train.

D'instinct, son regard s'arrêta sur la haute silhouette immobile qui se tenait à une cinquantaine de mètres, au milieu du quai. Vêtu de noir, insensible à la foule de gens qui passaient autour de lui, Rafe la regardait, les mains dans les poches de son manteau.

Angel sentit son ventre se nouer. Si elle avait eu un tant soit peu de fierté, elle aurait tourné les talons et se serait enfuie en courant. Mais, cédant à une pulsion masochiste, elle continua à avancer vers lui. Il ne s'agissait pas que de masochisme, reconnut-elle, car elle obéissait aussi à des sentiments qu'elle refusait de nommer. A sa grande honte, elle désirait Rafe, encore, malgré tout.

Or Rafe était Rafe, et tout espoir vain.

— Es-tu venu récupérer ton bien ? demanda-t-elle d'un ton froid. Ta pondeuse ? Eh bien, sache que j'ai quitté cet emploi : tu vas devoir t'en acheter une autre !

Elle s'arrêta devant lui et le regarda dans les yeux. Rien ne transparaissait dans ce regard gris. Qu'aurait-elle voulu y lire ? se demanda Angel en remontant la bandoulière de son sac sur son épaule. Soudain, elle se sentit en proie à un étrange accès de timidité et à un maelström d'émotions et vacilla légèrement. La fatigue, se dit-elle.

Lentement, Rafe tendit la main et lui effleura la joue. Après cette nuit blanche, elle devait avoir des cernes épouvantables, songea Angel. Elle aurait voulu ne rien ressentir quand ses doigts touchèrent sa peau, mais une vague brûlante jaillit du plus profond de son être, l'emplissant de tristesse, et de désir.

— Je suis désolé, dit-il simplement.

C'en fut trop. Angel repoussa sa main d'un geste brusque tandis que les banlieusards la bousculaient, pressés et nerveux. Mais elle ne pouvait se concentrer que sur Rafe et sur le tumulte d'émotions qui la ravageait.

Puis, soudain, une rage incroyable se déploya en elle. Tout ce qu'avait dit Rafe resurgit. Tout ce qu'il avait fait.

— Comment oses-tu apparaître tout à coup sur un quai de gare et dire que tu es *désolé* ! lança-t-elle d'une voix étranglée. Tu crois que cela efface tout ? Que…

— Angel.

Le simple fait d'entendre son prénom, prononcé d'une voix grave et profonde, la bouleversa. Elle aurait pourtant dû y rester insensible, se persuada Angel tandis que toutes les paroles cruelles qu'il lui avait balancées tournoyaient dans son esprit. Elle aurait dû le haïr. Elle se détestait de ne pas y parvenir.

— Au fait, c'était ma mère, dit-elle soudain.

Rafe fronça les sourcils.

— C'est elle qui a accumulé ces dettes. Elle a ouvert un compte à mon nom et s'est servie de la carte bancaire. Mais je savais qu'elle ne rembourserait jamais. Elle n'avait pas d'argent, et même si elle en avait eu, elle souffrait d'amnésie chronique dès qu'il s'agissait de ses dettes. Qu'étais-je censée faire ?

— Je te crois.

— Est-ce que je méritais toutes ces choses affreuses que tu m'as dites ? poursuivit-elle d'une voix sauvage. Est-ce que je méritais ton jugement impitoyable ?

Lorsqu'il posa les mains sur ses avant-bras, Angel le repoussa.

— Ne me touche pas ! s'écria-t-elle. Ça ne marche plus.

Au contraire, ça marcherait trop bien. Et c'était hors de question.

— Ecoute-moi, répliqua-t-il en plissant le front.

A présent, le Rafe autoritaire refaisait surface, constata Angel en sentant sa colère redoubler.

— Je ne veux pas t'écouter ! Je n'ai fait que cela pendant des mois. Pour changer, c'est toi qui vas m'écouter : je retourne à Londres. Je ne veux plus rien avoir affaire avec toi. Je ne veux même pas de ton argent. Je ne sais pas comment je pourrai rembourser ces fichus cinquante mille livres, mais j'y arriverai.

Elle lui décocha un sourire cynique.

— Après tout, puisque tu me prends pour une prostituée, il me reste encore une solution…

Tandis qu'il la contemplait en silence, le train commença à s'ébranler. Angel regarda les wagons s'éloigner en sentant la colère pulser dans ses veines, dangereusement proche du désespoir et des larmes. Elle avait manqué son train ! Même si elle savait qu'il y en aurait un autre, le désespoir la gagna, accompagné d'une horrible envie de pleurer.

Elle ne voulait plus voir Rafe. Ni l'Ecosse. Ni les demeures géorgiennes situées dans des quartiers huppés, au cœur de Londres. Elle voulait oublier ces derniers mois de sa vie, et l'idée folle qui avait abouti à ce mariage absurde.

Oui, elle oublierait tout cela. Elle oublierait Rafe et serait parfaitement heureuse sans lui.

Cessant de regarder le train qui prenait peu à peu de la vitesse, Angel se détourna et s'apprêta à quitter le quai.

— Je t'aime.

Il l'avait dit d'une voix calme et, pourtant, ces simples mots eurent sur elle l'effet d'une détonation. Submergée par une marée d'émotions bien trop puissantes, Angel se tourna vers lui. Vers ces yeux gris, ce visage détruit. Elle l'aimait, au péril de sa vie, de son équilibre.

Jamais elle ne lui pardonnerait d'avoir prononcé ces mots.

— Tu serais prêt à dire n'importe quoi, n'est-ce pas ? lui lança-t-elle d'une voix tremblante. Tu serais capable de tous les mensonges, tu te fiches de tout, sauf de ce manoir empli de fantômes et des héritiers dont tu veux le remplir ! Même si ta vie en dépendait, tu ne pourrais pas m'aimer, Rafe. Tu ne saurais pas comment faire.

— Et si ma vie en dépend, en effet ?

Quelque chose frémit dans son regard, mais Angel l'ignora. Elle ne tomberait plus dans le piège.

— Te rends-tu compte de ce que j'ai ressenti lorsque je t'ai avoué, moi, que je t'aimais ? J'ai pleuré, Rafe, alors que je ne pleure jamais. Je m'étais toujours juré de ne jamais tomber amoureuse…

— Angel, l'interrompit-il avec une douceur qui la fit tressaillir violemment, ne comprends-tu pas ? Je n'avais jamais connu que des fantômes, et du poison. Alors, tu me terrifies…

Mais Angel ne voulait pas comprendre. Elle ne souhaitait qu'une chose : s'en aller et que tout redevienne facile, loin de cet homme torturé. Elle ne pouvait plus supporter cette situation inextricable.

— Va te faire voir ! dit-elle d'une voix sourde.

Puis elle se détourna de nouveau et se mit à courir. A un moment donné, son sac tomba, mais elle ne s'arrêta pas. Elle fendait la foule, comme s'il y allait de sa vie.

Après avoir franchi les larges portes de la gare, elle déboucha dans la rue. Seulement alors, elle s'immobilisa sous la pluie battante. Haletante, bientôt trempée, elle se rendit compte que Rafe était à côté d'elle, son sac à la main. Mais cela ne la surprit même pas.

— Si tu veux vraiment partir, va-t'en, dit-il d'une voix tendue. Mais où que tu ailles, je te retrouverai.

— Comme si tu avais envie de me retrouver ! répliqua-t-elle avec incrédulité. Pourquoi ne te cherches-tu pas une autre femme ?

— C'est toi que je veux, affirma-t-il d'un ton péremptoire. C'est toi que j'ai épousée.

— Je ne peux pas…

A présent, les larmes se mêlaient à la pluie qui coulait sur ses joues, mais Angel ne se souciait même plus de les retenir.

— Je ne peux pas vivre comme ça. Je n'aurais jamais dû aller vers toi ce soir-là, au palais de Santina.

— Mais tu l'as fait. Et maintenant, nous sommes là, ensemble.

Une certitude farouche vibrait dans la voix de Rafe, qu'Angel ne comprenait pas encore, mais que son corps accueillait en frémissant.

— C'est ta faute ! riposta-t-elle d'un ton accusateur. Ce n'était qu'une idée absurde, folle. Je ne serais pas allée plus loin ! Mais tu étais si…

Elle secoua la tête dans l'espoir de s'éclaircir les idées. Hélas, depuis le premier instant où elle avait vu Rafe, son cerveau ne semblait plus fonctionner normalement.

— Moi, je ne regrette pas un seul moment de ce que nous avons vécu, dit-il.

Il poussa un long soupir.

— Je ne veux plus être un fantôme, Angel. J'en ai assez.

Lorsqu'elle se tourna vers lui et scruta son visage,

elle sentit toute colère la déserter aussitôt, ainsi que tout désir de fuir.

— J'ai toujours été seul, reprit-il d'une voix rauque. J'ai perdu mon père beaucoup trop jeune. Ma mère et mon frère rivalisaient de cruauté envers moi. Les seuls amis que j'aie jamais eus, c'était à l'armée, et ils sont tous morts dans l'explosion, ou peu après.

Sa bouche se serra tandis que des ombres lugubres passaient dans son regard.

— J'ai survécu, mais j'étais défiguré. Brusquement, mon aspect extérieur se trouvait en harmonie avec ce que je savais être à l'intérieur, depuis toujours.

Il détourna un instant les yeux, luttant sans doute avec lui-même, puis soutint de nouveau le regard d'Angel. Il était furieux, mais pas contre elle.

— Ma mère ne me disait qu'elle m'aimait… seulement lorsqu'elle s'adonnait à l'un de ses petits jeux cruels, dit-il d'une voix étrangement douce. Elle trouvait amusant d'arriver à me le faire croire, ne serait-ce qu'un instant, avant de me démontrer le contraire.

— Rafe, chuchota Angel, la gorge nouée.

Soudain, quelque chose bascula en elle. La peur s'évanouit, la souffrance sembla se retirer, et il ne resta plus que le désir de protéger Rafe.

— Tu es la première personne que je connaisse dont la beauté est totale. Tu es belle au-dehors et au-dedans de toi, Angel. Je ne sais pas pourquoi tu m'aimes. J'ignore s'il est trop tard, si j'ai tout détruit.

Un frisson le parcourut, le forçant à s'interrompre un instant.

— Tout ce que je voyais en moi, reprit-il, c'était de la laideur, bien avant que j'hérite de ces cicatrices. Et cette laideur honteuse me rendait totalement inapte à la fréquentation des autres humains. Non seulement je ne sais pas pourquoi tu m'aimes, mais je ne vois pas une seule raison pour laquelle tu resterais avec moi.

Incapable de prononcer un mot, Angel le vit lever la

main, puis lui caresser la joue. La pluie qui tombait à verse lui parut soudain une bénédiction. Elle les purifiait, des paroles cruelles, de la souffrance. Du passé. De leurs familles. De tous leurs boucliers et de leurs masques.

Cette eau les régénérait. A présent, ils pouvaient recommencer, sur des bases nouvelles.

— Ce que je sais, c'est que tu es mon rayon de soleil, continua Rafe d'une voix terriblement émue. Tu me donnes envie de sortir de l'obscurité, Angel. Tu me donnes envie de croire que j'en suis capable.

Cette fois, lorsqu'elle sentit l'espoir renaître en elle, Angel le laissa s'épanouir et l'envahir tout entière.

— Tu l'es, murmura-t-elle.

Pus elle sourit, d'un vrai sourire, et Rafe lui répondit.

— J'en doute encore, chuchota-t-il.

Il y avait de la douleur dans sa voix, et de la peur, songea Angel en sentant son cœur se serrer. Mais un voile lumineux éclairait maintenant ses yeux gris.

Le monstre avait cédé la place, comprit-elle. Enfin.

Elle tourna la tête dans la main de Rafe et en embrassa la paume. Elle l'aimait, point final. Pour toujours.

— Pas moi, mon amour, dit-elle en relevant les yeux vers lui avec un sourire malicieux. Et je vais t'apprendre à y croire.

La couronne de
SANTINA

Tournez vite la page et découvrez,
en avant-première, un extrait du cinquième roman
de votre saga Azur, à paraître le 1er août...

éditions HARLEQUIN

— Vous êtes dans un palais royal, pas dans une boîte de nuit.

— Vous voulez dire que je dois m'incliner devant vous ?

— Oui, répondit-il avec une douceur inquiétante. Et lorsque vous vous adressez à moi, vous devez m'appeler : Votre Altesse royale.

Fascinée par l'angle sculpté de ses mâchoires et le dessin parfait de sa bouche sensuelle, Izzy entendit à peine les paroles du prince. Il devait embrasser à merveille… Une chaleur infernale déferla en elle et, soudain, elle fut incapable de penser à autre chose qu'au sexe.

Durant quelques instants, ils se regardèrent en silence, puis le prince fronça les sourcils.

— Après la première fois, l'usage est de m'appeler simplement Monsieur.

— Après la *première fois* ? répéta Izzy, le cœur battant à tout rompre.

Par ailleurs, elle avait les lèvres si sèches qu'elle avait du mal à parler.

— Il n'y aura jamais de première fois, poursuivit-elle en se ressaisissant. Même si j'étais désespérée, je ne coucherais pas avec vous.

Une expression exaspérée passa sur le visage du prince.

— Je parlais de la première fois où vous vous adressez à moi, et de rien d'autre.

A ces mots, Izzy se sentit devenir écarlate.

— Très bien. Maintenant tout est clair.

Mortifiée par le malentendu qui avait germé uniquement dans *son* esprit, à cause des pensées torrides qui l'avaient traversée, elle s'efforça de dissimuler son embarras.

— Dois-je vraiment vous appeler *Monsieur* ? poursuivit-elle avec un sourire désinvolte.

Levant les yeux vers le grand tableau devant lequel se tenait le prince, Izzy fut aussitôt frappée par la ressemblance : les mêmes cheveux noirs coupés court, la même expression altière et sombre. *Le même air aristocratique.*

Pas étonnant qu'il soit aussi arrogant, songea-t-elle. Du sang royal coulait dans ses veines depuis des siècles alors qu'elle-même appartenait au commun des mortels. En outre, elle était le produit d'une union entre deux êtres qui s'étaient mariés par pur *intérêt*.

Dans l'espoir de retrouver son assurance, Izzy tenta d'ignorer son imposant interlocuteur, mais comment ne pas être impressionnée par sa formidable carrure ?

Le prince était très séduisant, et follement sexy, fut-elle forcée de reconnaître en sentant de nouveau une chaleur importune se déployer dans son bas-ventre.

Ce devait être à cause du champagne. L'alcool exacerbait ses sens.

— Tout ce protocole ne vous rend pas fou ? reprit-elle. Personne ne sourit, ici. Tout le monde a le visage figé, comme ces statues en pierre devant lesquelles nous venons de passer.

— Ces statues en *marbre* valent une fortune et datent du XVe siècle.

— Elles sont si vieilles que cela ? Eh bien, je comprends qu'elles aient l'air aussi triste… Quant à faire la révérence, j'avoue que mes chaussures me font atrocement mal, alors j'essaie de bouger le moins possible. Si vous étiez une femme, vous comprendriez.

— Vous êtes la créature la plus absurde que j'aie jamais rencontrée. Votre comportement est révoltant et les gens comme vous représentent un véritable danger pour ma famille.

Izzy, qui s'était vue affublée de toutes sortes de qualificatifs dans sa vie, mais jamais de celui d'*absurde*, se sentit profondément blessée.

— Je crois au contraire que c'est *votre* comportement qui est révoltant, riposta-t-elle. Vous trouvez du plaisir à me montrer que je suis insignifiante, n'est-ce pas ? Vous vous croyez supérieur, vous regardez tout le monde de haut ! Eh bien, moi, c'est le contraire, figurez-vous. Lorsque quelqu'un vient chez moi, je lui souris et je fais tout pour qu'il se sente à l'aise. Alors que vous… Franchement, j'ai été mieux accueillie dans des fast-foods ! Vous avez beau être prince, vous ignorez tout du savoir-vivre le plus élémentaire.

Au moment où elle s'interrompait pour reprendre son souffle, la porte s'ouvrit et un domestique apparut, le visage blême.

— Le micro, Votre Altesse, dit-il d'une voix étranglée. Il est toujours allumé. Tout le monde vous entend…

collection *Azur*

Ne manquez pas, dès le 1er août

UN MARIAGE À TOUT PRIX, *Robyn Grady* • N°3376

Epouser Nate Sparks, l'homme qui l'a séduite et abandonnée six mois plus tôt ? Pour Roxy, c'est tout simplement impensable. Bien sûr, il ne s'agirait entre eux que d'un mariage de pure convenance. Nate pourrait ainsi créer son entreprise, et elle réaliser son rêve : porter la robe de mariée qu'elle a mis tous ses soins à confectionner et qui lui ouvrira, elle en est sûre, la porte des plus grandes maisons de couture. Mais, en acceptant cette proposition, ne commettrait-elle pas une grave erreur ? Car, une fois mariée à Nate, comment ne pas retomber dans les bras de celui qui l'a si cruellement rejetée ?

LA MAÎTRESSE DU MILLIARDAIRE GREC, *Sharon Kendrick* • N°3377

Lorsqu'elle pénètre dans le bureau de Zak Constantinides, Emma sent son cœur s'emballer. La nervosité, sans doute : après tout, c'est la première fois qu'elle rencontre le grand patron, de passage à Londres. Mais quand elle comprend pourquoi celui-ci l'a convoquée, son trouble se transforme en colère. Persuadé qu'elle n'est qu'une intrigante cherchant à séduire son jeune frère, Zak a en effet décidé de l'envoyer à New York… pour la surveiller ! Révoltée, Emma n'a pourtant guère le choix, et finit par accepter le nouveau poste qu'il lui propose. Tout en se jurant de garder ses distances avec celui qui a le pouvoir de briser sa carrière… comme de l'envoûter d'un seul regard.

POUR QUELQUES NUITS AVEC LE CHEIKH, *Annie West* • N°3378

Sous le regard sombre du cheikh Amir ibn Masud, Cassie frémit. Pourquoi cet homme l'a-t-il fait enlever et la retient-il prisonnière dans ce campement perdu au milieu des montagnes ? Loin de la rassurer, le prince ne fait que l'inquiéter davantage lorsqu'il lui explique qu'elle va devoir jouer, durant toute une semaine, le rôle de sa maîtresse consentante et dévouée, et que sa liberté est à ce prix… Comment pourra-t-elle partager durant sept jours - et sept nuits - le lit de cet homme dangereux, sans céder au désir qu'il lui inspire malgré elle ?

UN BAISER INOUBLIABLE, *Lynne Graham* • *N°3379*

Coup de foudre au bureau

Un poste chez AeroCarlton, c'est l'opportunité dont rêvait Ava depuis trois longues années. Une opportunité à laquelle elle ne peut se permettre de renoncer, même si cela signifie qu'elle va devoir affronter l'hostilité et la froideur de son nouveau patron, Vito Barbieri. Vito, l'homme qu'elle a autrefois passionnément aimé avant qu'un terrible drame ne les sépare à tout jamais… Pourtant, au fil des jours, Ava se prend bientôt à espérer que Vito pourra peut-être un jour lui pardonner. Et qu'elle connaîtra, une fois encore, la chaleur des bras de cet homme qu'elle n'a jamais pu oublier...

UN MYSTÉRIEUX MILLIARDAIRE, *Maggie Cox* • *N°3380*

Lorsque le regard ardent de Drake Ashton se pose sur elle, Layla sent son cœur s'emballer. Pourtant, elle le sait, elle ne doit en aucun cas céder à l'attirance qu'elle éprouve pour cet homme aussi puissant que secret. Non seulement le célèbre architecte n'est que de passage dans leur petite ville, mais il est réputé pour être un véritable play-boy, doublé d'un redoutable séducteur. Or, après avoir tout perdu une première fois, Layla se l'est juré : jamais plus elle ne mettra en péril ses rêves – et son cœur –, pour avoir trop vite accordé sa confiance à un homme. Et Drake, s'il est la tentation incarnée, ne peut rien lui offrir d'autre, elle en est sûre, qu'une liaison éphémère...

L'HÉRITIÈRE DE MADDOCK MANOR, *Kate Hewitt* • *N°3381*

En quittant Londres pour venir habiter le vieux château familial dont elle a hérité, Ellery espérait commencer une nouvelle vie. Mais après quelques temps, elle doit se rendre à l'évidence : non seulement les chambres d'hôtes qu'elle a créées restent désespérément vides, mais sa situation financière est en passe de tourner au désastre. Aussi, lorsque Larenz de Luca, l'homme le plus exigeant, le plus arrogant, mais surtout le plus troublant qu'elle ait jamais rencontré, lui propose son aide, elle n'a d'autre choix que d'accepter. Pour sauver son héritage, elle est prête à tout. Même à supporter la proximité — de jour comme de nuit — de cet homme odieux...

UN REFUGE DANS LA TEMPÊTE, Kelly Hunter • *N°3382*

Jolie Tanner n'en revient pas. Pourquoi a-t-il fallu qu'elle se retrouve coincée, en pleine tempête, avec Cole Rees, le seul homme de Queenstown qu'elle s'était juré de ne jamais revoir ? Cole, qui a brisé son cœur d'adolescente et fait de sa vie un enfer… Pourtant, dans le chalet isolé où ils ont trouvé refuge, Jolie ne tarde guère à sentir le même désir qu'autrefois l'envahir, si intense qu'elle cède bientôt à la passion dans les bras de Cole. Hélas, à la lueur du jour, elle ne tarde guère à regretter ce moment d'égarement. Car ce n'est un secret pour personne : les Rees et les Tanner sont ennemis depuis toujours, – et aimer Cole lui sera à jamais interdit...

UNE NUIT AU PARADIS, *Maisey Yates* • *N°3383*

Clara est sous le choc. Comment son patron ose-t-il lui demander de se faire passer pour sa fiancée durant leur voyage d'affaires en Thaïlande ? Malgré sa colère, elle n'a cependant d'autre choix que d'accepter : comment pourrait-elle lui refuser son aide au moment où il s'apprête à décrocher un important contrat ? Pourtant, elle le sait, jouer cette comédie dans un décor aussi paradisiaque que romantique, sans dévoiler à Zack les sentiments intenses qu'elle nourrit à son égard, promet d'être la plus cruelle – et la plus délicieuse - des tortures...

UN FEU INTERDIT, *Penny Jordan* • *N°3384*

- Passions à Saint-Pétersbourg - 2ème partie

Pour aider sa famille, qui a tant besoin d'elle, Laura est prête à tout. Aussi accepte-t-elle sans hésiter le poste d'assistante que lui offre le puissant et ténébreux Vasilii Demidov. L'homme qu'elle a autrefois tant aimé sans qu'il lui accorde jamais la moindre attention. Mais très vite, devant la froideur et le mépris que lui témoigne Vasilii, Laura, terriblement blessée, se prend à regretter sa décision. D'autant plus qu'il lui suffit de croiser son regard ténébreux pour comprendre que ce feu qu'elle croyait à jamais éteint en elle pourrait bien s'embraser de nouveau, plus fort que jamais...

LE DÉFI DE MATTEO SANTINA, *Sarah Morgan* • *N°3385*

- La couronne de Santina - 5ème partie

Izzy Jackson... ce seul nom suffit à mettre le prince Matteo hors de lui. Car, il en est sûr, cette femme à la réputation scandaleuse et aux tenues sulfureuses ne peut représenter qu'une menace pour le bon déroulement des fiançailles qui doivent symboliser l'union de leurs deux familles. Et parce qu'il est hors de question qu'il la laisse gâcher la dernière chance qu'ont les Santina de se réconcilier avec leur peuple, il doit absolument la tenir à distance le temps des festivités. Même si cela implique de la retenir dans son propre palais et de supporter au quotidien la présence de cette femme incroyablement sexy dont le simple contact suffit à l'électriser...

Attention, numérotation des livres différente pour le Canada : numéros 1817 à 1822.

www.harlequin.fr

A paraître le 1er juillet

Best-Sellers n°568 • suspense

La peur sans mémoire - Lori Foster

Intense et bouleversante. La nuit qu'Alani vient de passer avec Jackson Savor résonne en elle comme une révélation. Après son enlèvement à Tijuana, deux ans plus tôt, et les cauchemars qui l'assaillent depuis, jamais elle ne se serait crue capable de s'abandonner ainsi dans les bras d'un homme. Et pourtant, Jackson, ce redoutable mercenaire qui n'a de limites que celles fixées par l'honneur, a su trouver le chemin de son cœur. Hélas, cette parenthèse amoureuse est de courte durée. Au petit matin, à peine sortie de la torpeur du plaisir, Alani comprend qu'il y a un problème : son amant, si empressé un peu plus tôt, a tout oublié de leurs ébats torrides. Pas de doute possible : il a été drogué. Mais par qui ? Et comment ? Le coupable est-il lié aux odieux trafiquants sur lesquels Jackson enquête ? Ces questions sans réponse, ce sentiment d'impuissance, Alani les supporte d'autant plus mal qu'elle y a déjà été confrontée. Mais au côté de Jackson, et pour donner une chance à leur histoire, elle est prête à affronter le danger, et ses peurs…

Best-Sellers n°569 • suspense

Le mystère de Home Valley - Karen Harper

Mille fois, Hannah a imaginé son retour à Home Valley, la communauté amish où elle a grandi et avec laquelle elle a rompu trois ans plus tôt. Mille fois, elle a imaginé ses retrouvailles avec Seth, l'homme qu'elle aurait épousé s'il ne l'avait cruellement trahie. Mais pas un seul instant elle n'aurait pensé que cela se ferait dans des circonstances aussi dramatiques. Car dès son retour, alors qu'elle a décidé sur un coup de tête de se rendre de nuit dans le cimetière de la Home Valley, elle est prise pour cible par un homme armé, qui heureusement ne parvient qu'à la blesser. Pourquoi cet homme a-t-il voulu la tuer ? Va-t-il s'arrêter là ? Pour répondre à ces angoissantes questions, Hannah décide d'apporter toute son aide au ténébreux Linc Armstrong, l'agent du FBI chargé de l'enquête, et qui suscite la méfiance chez les autres membres de la communauté amish — et surtout chez Seth. Ecartelée entre deux mondes, entre deux hommes, Hannah va bientôt être submergée par ses sentiments – des sentiments aussi angoissants que les allées du cimetière plongées dans l'obscurité…

Best-Sellers n°570 • thriller

Piège de neige - Lisa Jackson

Prisonnière du criminel pervers qu'elle traque depuis des semaines dans l'hiver glacial du Montana, l'inspecteur Regan Pescoli n'a plus qu'une obsession : s'échapper coûte que coûte. Aussi essaie-t-elle, dans le cachot obscur et froid où elle est enfermée, de dominer la terreur grandissante qui menace de la paralyser. Car ce n'est pas seulement sa vie qui est en jeu, mais également celle d'autres captives, piégées comme elles et promises à la mort. Pour les sauver, autant que pour retrouver ses enfants et Nate Santana, l'homme qu'elle aime, Regan est déterminée à découvrir le point faible du tueur. Pour cela, il lui faudra aller au bout de son courage, de sa résistance physique… Et vaincre définitivement ce maniaque, avant qu'il ne soit trop tard.

Best-Sellers n°571 • suspense

Les disparues du bayou - Brenda Novak

Depuis l'enlèvement de sa petite sœur Kimberly, seize ans plus tôt, Jasmine Stratford a enfoui ses souffrances au plus profond d'elle-même et s'est dévouée corps et âme à son métier de profileur. Mais son passé ressurgit brutalement lorsqu'elle reçoit un colis anonyme contenant le bracelet qu'elle avait offert à Kimberly pour ses huit ans. Bouleversée, elle se lance alors dans une enquête qui la conduit à La Nouvelle-Orléans. Là, elle ne tarde pas à découvrir un lien effrayant entre le meurtre récent de la fille d'un certain Romain Fornier et le kidnapping de sa petite sœur. Prête à tout pour découvrir la vérité, Jasmine prend contact avec Romain Fornier, seul capable de l'aider à démasquer le criminel. Elle se heurte alors à un homme mystérieux, muré dans le chagrin et vivant dans le bayou comme un ermite. Un homme qu'elle va devoir convaincre de l'aider à affronter le défi que leur a lancé le tueur : *« Arrêtez-moi »*.

Best-Sellers n°572 • roman

L'écho des silences - Heather Gudenkauf

Allison. Brynn. Charm. Claire. Quatre femmes prisonnières d'un secret qui pourrait les détruire… et dont un petit garçon est la clé. Allison garde depuis cinq ans le silence sur le triste drame qu'elle a vécu adolescente et qui l'a conduite en prison pour infanticide. Brynn sait tout ce qui s'est passé cette nuit-là, mais elle s'est murée dans l'oubli pour ne pas sombrer dans la folie. Charm a fait ce qu'elle a pu, bien sûr, pourtant elle a dû renoncer à son rêve et se taire. Alors elle veille en secret sur son petit ange. Claire vit loin du passé pour tenter de bâtir son avenir avec ceux qui comptent pour elle. Et elle gardera tous les secrets pour protéger le petit être qu'elle aime plus que tout au monde. Quatre femmes réfugiées dans le silence, détenant chacune la pièce d'un sombre puzzle.

Best-Sellers n°573 • roman

Un jardin pour l'été - Sherryl Woods

Son cœur qui bat plus vite lorsqu'elle consulte sa messagerie, son imagination qui s'emballe lorsqu'elle revoit en pensée le visage aux traits virils de celui dont elle est tombée amoureuse… Moira doit se rendre à l'évidence : elle ne peut oublier Luke O'Brien. Il faut dire qu'avec ses cheveux bruns en bataille, son regard parfois grave mais pétillant de vie, son sourire irrésistible, cet Américain venu passer ses vacances en Irlande n'a guère eu de mal à la séduire. Sauf qu'après le mois idyllique qu'ils ont passé ensemble, Luke est reparti aux Etats-Unis reprendre le cours de sa vie, et peut-être même retrouver une autre femme. Alors que Moira tente de se persuader que tout est ainsi pour le mieux, son grand-père lui demande de l'accompagner à Chasepeake Shores, la petite ville de la côte Est des Etats-Unis où vit Luke. Moira n'hésite que quelques secondes avant d'accepter. Même si, dès lors, une question l'obsède : saura-t-elle convaincre Luke qu'il y a une place pour elle dans sa vie ?

Best-Sellers n°574 • historique
La maîtresse de l'Irlandais - Nicola Cornick

Londres, 1813.

Autrefois reine de la haute société londonienne, Charlotte Cummings a vu son existence voler en éclats lorsque son époux – las de ses frasques – a mis fin à leur mariage du jour au lendemain. Brusquement exclue des soirées mondaines, ruinée et endettée, Charlotte n'a eu d'autre choix que de renoncer à son honneur en vendant ses charmes chez la cruelle Mme Tong. Jusqu'à ce qu'un jour un troublant gentleman ne lui redonne espoir en lui proposant un pacte aussi tentant que surprenant. Si elle accepte de devenir sa maîtresse, elle retrouvera son statut de lady et les privilèges qui vont avec. D'abord hésitante, Charlotte finit par se soumettre à ce scandaleux marché, même si elle pressent que cet homme mystérieux lui cache quelque chose…

Best-Sellers n°575 • historique
Un secret aux Caraïbes - Shannon Drake

Mer des Caraïbes, 1716.

Roberta Cuthbert ne vit que pour se venger du cruel pirate qui a tué ses parents et anéanti le village de ses ancêtres, en Irlande. Pour cela, elle a tout abandonné, allant jusqu'à se faire passer pour un homme et entrer dans la piraterie, afin de parcourir les mers à la recherche de son ennemi. Pourtant, le jour où elle fait prisonnier le capitaine Logan Haggerty, elle comprend que son déguisement ne sera d'aucune protection contre les sentiments troublants que cet homme éveille en elle. Comment pourrait-elle maintenir son image de pirate impitoyable quand elle ne s'est jamais sentie aussi féminine que sous son regard doré ? Bouleversée, Roberta n'en est pas moins déterminée à ignorer la tentation, coûte que coûte. Jusqu'à ce que le capitaine la sauve de la noyade lors d'une violente tempête, et qu'ils ne s'échouent tous deux sur une île déserte…

Best-Sellers n°576 • érotique
L'éducation de Jane - Charlotte Featherstone

Jane le sait : lord Matthew peut être dur. Cassant. Impitoyable avec ceux qu'il pense faibles. Pourtant, lorsqu'elle l'a trouvé, affreusement blessé, dans l'hôpital où elle travaille, et qu'elle l'a veillé jour et nuit, c'est lui qui, les yeux protégés par un bandage, se trouvait à sa merci. Lui, l'homme à la réputation sulfureuse, qui la suppliait de le laisser toucher son visage, sa peau, ses lèvres, son corps tout entier, comme si ces gestes troublants avaient le pouvoir de le ramener à la vie. Alors aujourd'hui, même s'il a recouvré la vue et risque de la trouver laide, comparée à ses nombreuses maîtresses, même s'il est redevenu l'aristocrate arrogant dont les frasques libertines défrayent la chronique mondaine, Jane est décidée à se livrer à lui, corps et âme. Un choix insensé qui pourrait la détruire, mais devant lequel elle ne reculera pas. Car à l'instant où Matthew a posé les mains sur elle, elle a su qu'elle avait trouvé son maître…

Composé et édité par les

éditions HARLEQUIN

Achevé d'imprimer en juin 2013

CPI
BRODARD & TAUPIN

La Flèche
Dépôt légal : juillet 2013
N° d'imprimeur : 71946

Imprimé en France